流《りゅう》砂《さ》にきえた小馬

アリソン・レスター 著／加島葵 訳

朔北社

流砂《りゅうさ》にきえた小馬　目次

流砂《りゅうさ》にきえた小馬

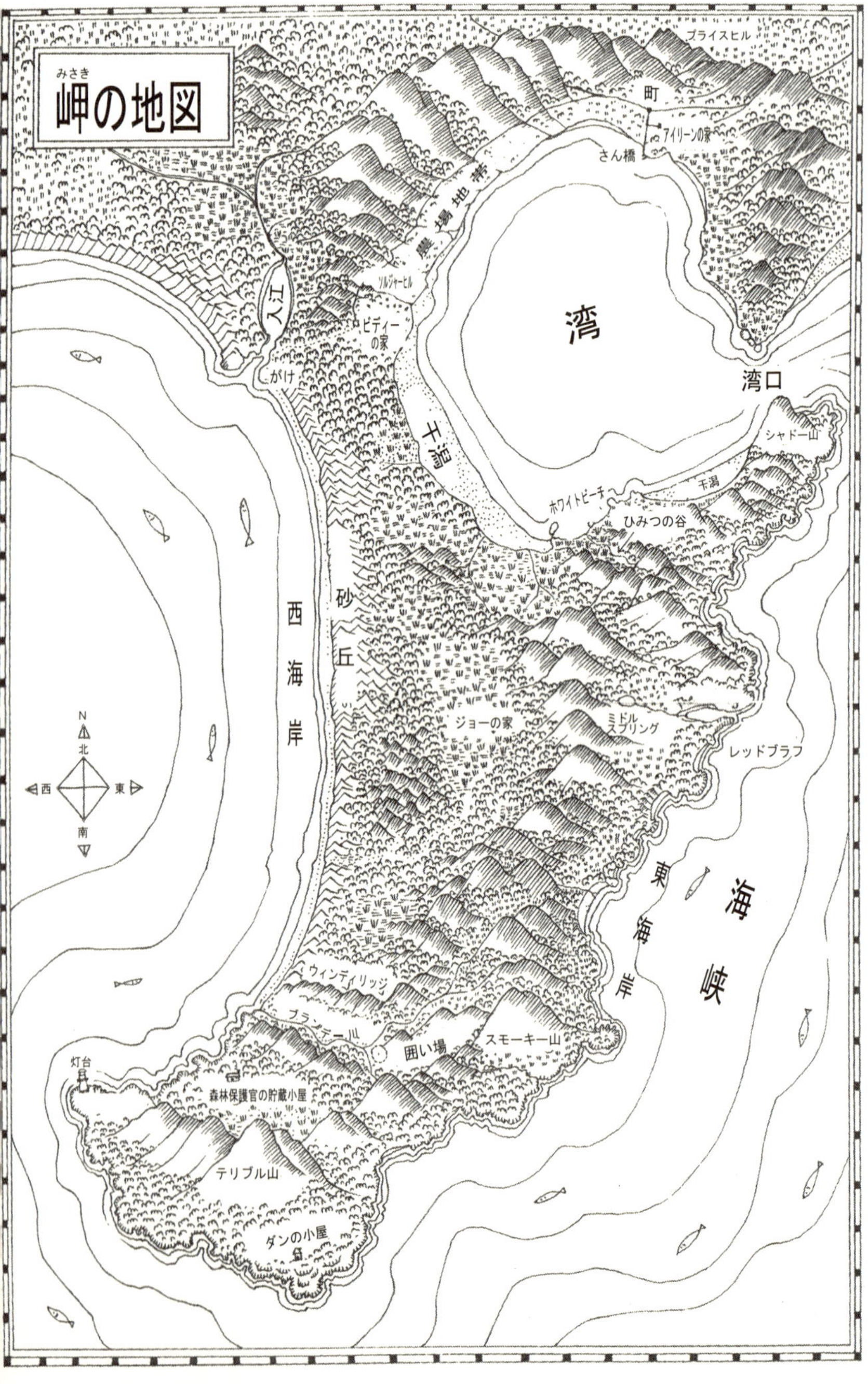
岬《みさき》の地図
プライスヒル
町
アイリーンの家
さん橋
農場地帯
入江
ソルジャーヒル
ビディーの家
湾
湾口
がけ
シャドー山
干潟
干潟
ホワイトビーチ
ひみつの谷
砂丘
西海岸
ジョーの家
ミドルスプリング
レッドブラフ
N
北
西
東
南
東海岸
海峡
ウィンディリッジ
ブランデー山
囲い場
スモーキー山
灯台
森林保護官の貯蔵小屋
テリブル山
ダンの小屋

流砂《りゅうさ》にきえた小馬

アリソン・レスター著／加島葵訳

一　失《しっ》そう

その夜は、満月だった。空にはちぎれ雲が飛《と》び、風の吹《ふ》きあれる牧草地《ぼくそうち》が青白く広がっていた。町から湾《わん》へ向かって、わだちの残《のこ》る道が続《つづ》いている。その道を、一台の車が、ライトもつけずに、がたがたと走っていた。運転になれていないのか、それとも、よほど急いでいるのか、運転はらんぼうであぶなっかしい。風が、エンジンの音をかき消していた。

車は、船着《ふなつ》き場《ば》でがたんと止まった。中からほっそりした女の人が下りてきて、今にもこわれそうな木のさん橋につながれたボートの中に、大急ぎで、かばんや箱を運び入れた。オールやロープの具合をたしかめると、車にもどって、もう一つ、包《つつ》みをそうっと取り出し、大切そうにボートまで運んだ。風や波しぶきがかからないように、その包《つつ》みを注意深くへさきに置《お》き、猫《ねこ》のようにするりとボートに乗りこむと、音を立てないように、潮《しお》の流れの中にこぎ出した。

ボートは、湾《わん》を横切って進んだ。動きの早い雲が、次々《つぎつぎ》とかげを落とす。潮《しお》の流

れは、湾《わん》の出口の方へ、さらに、その先のあらあらしい外海《そとうみ》へと向かっていた。
対岸の岬《みさき》に着くためには、この潮《しお》の流れを横切るしかない。ボートをこぐリズムが、しだいに、きそく正しくなってきた。点々《てんてん》とならぶ町の明かりとその後ろのプライスヒルの丘《おか》を見ながらこいでいるかぎり、ボートは、正しく進んでいるはずだ。
横波が、ボートをはげしくたたく。こぐのが、むずかしくなった。ボートがかたむいて右手のオールは水をまったくつかむことができず、体があお向けにたおれた。波しぶきでずぶぬれになったが、まだ何時間もこがなければならない。ほんの少しでも、波が静《しず》かになればいいのに！
必死《ひっし》でこぎ続《つづ》けた。いっしゅんでもこぐ手を休めると、ボートは、湾《わん》の出口の方へ引きずられてしまう。どのくらいのあいだ、こいだだろうか。ふり向いて、行《ゆ》く手《て》を見た。まだ、半分も進んでいない。しかし、もう、つかれきっていた。固《かた》いオールのせいで、手にまめができている。

とても無理《むり》だ。風向《かざむ》きも潮《しお》の流れも、わたしにさからっているんだもの。うまくいくはずがない。今までだって、何一つ思いどおりにはならなかった。絶望《ぜつぼう》のあまり、オールをひざの上に置《お》いて、うなだれた。ふいに、ボートが、潮《しお》の流れとは反対の方に動き始めた。

東からの風、この辺《あた》りでは天気が悪くなる前ぶれとしてきらわれている東風が、助けに来てくれたのだ。南西から吹《ふ》いていた風が、今は東から吹《ふ》きつけ、水面を波立たせて、ボートを岬《みさき》の方へおしやった。

うまくいきそうだ。手もそれほどいたくはない。打ちのめされていた気持ちも、なんとか落ち着いた。やりとげられるかもしれない。

へさきの防水《ぼうすい》シートのはしを持ち上げて、じっと耳をすます。静《しず》かだ。女の人は、ちょっとほほえんで、また、ボートをこぎ始めた。

町の明かりは、どんどん小さくなっていった。左手に広がる銀色の波の向こうで、町と岬《みさき》のあいだにある農場は、やみにしずんでいる。みんな、もう、とっくにねむりについているころだ。酪農《らくのう》をいとなむ農家では、そろそろ起きだして、ちちしぼりをする時間だ。ボートは少しずつ進み、通ったあとが、水面におおぎのように広がっていった。水の動きに見とれていると、さまざまなことが、頭にうかんでは消えた。いろいろなことを考えていたように思うが、本当は、何も考えていなかったのかもしれない。ただ、ひたすらこぎ続《つづ》けた。

オールの片方《かたほう》がバンと音を立ててボートの側面《そくめん》にぶつかり、はっとして、オールをにぎり直す。ねむっていたのか、それとも、ただぼんやり考えごとをしていただけなのだろうか。ふり向いて見た。浜辺《はまべ》だ。やっと、ホワイトビーチに着いたのだ。最後《さいご》の一こぎでボートを浅瀬《あさせ》に入れると、力つきて、そのままあお向けにたおれこんだ。

赤んぼうが泣《な》きだした。毛布《もうふ》の中から赤んぼうをだき上げて、ちちを飲ませた。ちちを飲ませながら、打ちよせる波の音に、耳をかたむけていた。ふるさとに帰ってきた。わたしを守ってくれるふるさとに帰ってきたのだ。月に照《て》らされた湾《わん》のはるか向こうに見える町の明かりは、もはや、細い光の連《つら》なりにすぎなかった。

二度とそこにもどるつもりはなかった。

海岸に持ちものが何も残《のこ》らないようにしなければならない。ボートで来たこともわからないようにしなければならない。それには、朝までかかる。父さんも兄さんも、人をさがし出すのは得意《とくい》だから、必死《ひっし》でわたしを見つけようとするだろう。とても心配するにちがいない。それでも、こうするしかなかった。町からにげ出し、ここにやって来て、思いきり悲しみ、ゆっくり休息する必要《ひつよう》があった。二人には、後で、無事《ぶじ》でいることを知らせよう。

ボートを引っぱって、平らな花崗岩《かこうがん》の岩場まで、浅瀬《あさせ》を歩いていった。岩の上なら足あとがつかないから、父さんも兄さんもわたしのあとをつけることはできないはずだ。まず、箱やかばんをボートから下ろした。次に、毛布《もうふ》にくるまれてねむっている赤んぼうを、ぬいだセーターとブーツのあいだにおしこむようにして、そっと置《お》いた。それから、ボートにもどって、海岸にそってこいでいった。つき出た大きな岩を回ると、潮《しお》の流れを感じた。すばやくボートからすべり下りて、潮《しお》の速い流れの中にボートをおし出した。水の中を歩いて、もとの場所に急ぐ。服がぬれ、足にまとわりついて、重い。歩き続《つづ》けながら、びしょぬれのスカートをたくし上げてしぼり、ベルトにはさんだ。風が、ぬれたはだをかすめて吹《ふ》きすぎる。しかし、寒いとは思わなかった。この浜辺《はまべ》にはやさしさとあたたかさがある。もうすでに、心が前より軽くなっていた。

それからは、足あとを残《のこ》さないように、小枝《こえだ》を折《お》らないように、服を引っかけて糸くずを残《のこ》さないように、気をつけて気をつけて行動《こうどう》した。まず、赤んぼうをだき、荷物を一つだけ持って、岩場を上っていった。そして、川の中を歩いて、決してわすれることのなかった谷まで行った。母親が死んだとき、ひとりになりたくて見つけた谷。そこは、自分だけのひみつの場所だった。

二　それから九年後

ビディーの住む家は、低《ひく》いバンクシアの木立を背《せ》にして立っていた。ガラスばりのポーチは北向きで、冬にはよく日が差《さ》しこむ。屋根と窓《まど》わくは、色あせているが、夕日が差《さ》すと、白い板かべに映《は》えてピンク色に見える。銀色のとがったくいをならべたフェンスが、曲がりくねって庭を囲《かこ》み、塩分《えんぶん》をふくんだ海風から花や野菜《やさい》を守っている。強い風でかたむいた糸杉《いとすぎ》が、うらの納屋《なや》におおいかぶさっている。のびすぎた枝《えだ》が納屋《なや》の屋根をこする音を、ビディーは、いつもベッドの中で聞いていた。

太陽は、ついさっき、しずんだばかりだった。夜がゆっくりとせまってきて、周《まわ》りの風景《ふうけい》の色を消そうとしていた。北東の方向には、海ぞいの平地に、点々《てんてん》と農家の明かりが見える。そのずっと向こうには、町の明かりが続《つづ》いている。むらさき色に見える小高い丘《おか》が、湾《わん》を囲《かこ》むように連《つら》なり、しだいに低《ひく》くなって、ビディーの農場の辺《あた》りで終わっている。

湾《わん》の南側《みなみがわ》には、明かりは見えない。低《ひく》い木がまばらに生えた土地が、湾《わん》をとり囲《かこ》むように、何キロも続《つづ》いているだけだ。その先には、岬《みさき》が、まるで島のようにうかんでいる。

左手は町、右手は岬《みさき》、そして、正面は湾《わん》。わたしは最高《さいこう》の場所に住んでいる、とビディーは思う。ときどき、うらの小山に馬で登って、もしわたしが王女さまだったらどうやってこの王国を守ればいいか、と考えることがあった。

ビディーの家の農場は、町からいちばん遠くはなれていて、道路もそこで終わっていた。おじいちゃんが切《き》り開《ひら》いた土地で、今は、父さんと母さんが、牛と羊を飼《し》育《いく》して農場を経営《けいえい》していた。ヘレフォード種《しゅ》の牛の繁殖《はんしょく》も手がけていたが、主な仕事は、牛を太らせて売ることだった。毎年、ねだんの安い秋に、おすの子牛を買い入れて、冬のあいだ、一九二〇年代からずっと放牧地《ほうぼくち》として借《か》りている岬《みさき》の原野《げんや》に放しておく。牛は、谷に生えているおいしい草を食べて太り、毛のつやもよくなる。そして、今、春になり、牛を売るときが来ていた。

牛たちを集め、海岸ぞいに農場まで連《つ》れて帰るには、二日かかる。ビディーは、まだ一度もいっしょに行かせてもらったことがない。いつも、おじいちゃんとるすばんだ。今年こそは、行ってみたい。

ビディーは、耳をすまして、遠くの物音を聞き取ろうとした。しかし、周《まわ》りにはいろいろな音が多すぎた。家は風でギーギーきしみ、納屋《なや》のゆるんだトタン板はバタンバタンと音を立て、となりの部屋ではおじいちゃんのラジオが天気予報《よほう》をがなりたてている。猫《ねこ》のティガーは、ビディーのベッドにねそべって、さっきからゴロゴロのどを鳴らしている。

ビディーは、窓《まど》のそばにひざをついて、ガラスに顔をぎゅっとおしつけた。外は、風の強い暗い夜が広がっているだけで、何も見えない。次のしゅんかん、ソルジャーヒルの丘《おか》の上で、何かが光った。そうだ、まちがいない。あれは、牛を運ぶトラックだ。車体にぐるり

と明かりをつけてるから、すぐわかる。

「父さん、父さん！　マーティーが来た！　新しい牛を連《つ》れてきたわ。丘《おか》を下りてくるのが見えたの」

「よくわかったね。じゃあ、牛を下ろすのを手伝《てつだ》いに行ってくる。車に一日中ゆられていたから、牛も、つかれて、きっと、のどがかわいているだろう」

「父さん、わたしも行っていい？　お願《ねが》い！　ねえ、いいでしょう？」

「いいよ、ビディー、いいとも。ただ、パジャマの上にセーターを着なさい。外はとても寒いから」

二人が外に出ると、マーティーが、もう、トラックをバックさせて、牛を下ろす場所に乗り入れていた。こちらに向かって、手をふっている。

「やあ、ぼくのビディー、元気にやってるかい？」

マーティーは、二十四歳《さい》で、ビディーの年齢《ねんれい》の倍以上《ばいいじょう》だ。それなのに、ビディーは、マーティーに夢中《むちゅう》だった。マーティーは、アシのくきのように、背《せ》が高くてやせていた。ズボンがこしまで下がっているので、シャツは、いつも、はみ出している。

ビディーは、マーティーに急いで手をふってから、フェンスをくぐりぬけて、ベラのところへ行った。ベラは、ビディーがかわいがっている真っ白なポニーで、やみの中でかがやいているように見えた。ビディーが銀色のたてがみに顔をうずめると、ベラは、ビディーの首すじに鼻をこすりつけた。

「ビディー、ベラにたづなをつけなさい」父さんが、声をかけた。「父さんの代わりに、牛たちを道の向《む》こう側《がわ》の柵《さく》の中に追っていってくれるかい」

ベラは、まだ、ふわふわの冬毛が残《のこ》っている。ネルのパジャマを着ていても、ビディーには、ベラの毛のやわらかさが感じられた。長い冬毛は、とてもつかみやすい。ビディーは、たてがみをしっかりつかんで乗った。マーティーの目の前で落馬するなんて、そんなことは、絶対《ぜったい》にいやだ。

ベラにまたがったビディーは、ヘッドライトの明かりからはなれて、牛を家畜置《かちくお》き場《ば》の方へ追っていった。森林保護官《ほごかん》になったような気分だ。それとも、牛どろぼうかしら。この牛のむれを岬《みさき》までこっそり連《つ》れていく。林の中ににげこんで、子牛が生まれるときまで待つ。子牛はとってもかわいくて、しっぽの毛はふわふわしている。それから、わたしは……。

「あぶない！」とつぜん、真っ黒なものが、ほえながら飛《と》び出《だ》してきた。柵《さく》の中に入りかけていた牛たちは、急に向きを変《か》えると、大きな鳴き声を上げて走り出した。ビディーが考える間もなく、ベラは、牛の後を追いかけていた。父さんが、犬のナゲットをしかりつけている。「こら！　牛が広い道路まで走っていってしまったら、どうするんだ！　このばか犬め！」

ベラは、じゃり道を全速力で走っていた。ビディーには、牛たちが道ばたの低《ひく》い木のあいだをかけぬけていくすさまじい音は聞こえたが、すがたは見えなかった。木々《きぎ》が夜空にとけこんで見えないくらい、辺《あた》りは真っ暗だった。「止まれ！」ビディーは、牛に大声でよびかけた。「止まるのよ！」

木々《きぎ》がまばらになっている辺《あた》りで、ベラが先回りして牛たちの前に出た。牛の白い顔が、くらやみの中にぼんやりと見える。「さあ、みんな、うちに帰ろうね。そうそう、その調子よ」ビディーのなだめるような声に、牛は、しだいにスピードを落とし、やっと向きを変《か》えてもどっていく。その後を、ビディーとベラはついていった。ビディーのパジャマは、ベラのあせでぐっしょりとぬれていた。牛のあえぐ声や鼻息が、風に乗って聞こえてくる。小型《こがた》トラックのライトが、カーブを回って近づいてきた。

「ビディー、どこだい?」

「ここよ、父さん。今、帰るところ。牛はみんないると思うわ」

父さんとマーティーは、ヘッドライトの明かりの中で、牛たちを一頭ずつ数えながら柵《さく》の中に追いこんだ。「よし、二十六頭だ。全部いる。ビディー、よくやった」

父さんがいった。

「ほんとによくやったね」マーティーもいった。「ビディーは、りっぱなカウガールだ」

ビディーは、ベラのたづなを外《はず》した。ベラは、ビディーの背中《せなか》にそっと鼻をこすりつけた。ビディーは、にっこりほほえんだ。カウガールだなんて、すてき。

「ローナ、今年はあの子も連《つ》れていかなくちゃならないな。昨日《きのう》の夜は、大かつやくだったよ。だれにも負けないくらい上手に、牛を柵《さく》の中にもどした」

うらのベランダで通学用のくつをあらっていたビディーは、耳をすました。ビディーは、一人っ子なので父さんと母さんの会話によく仲間入《なかまい》りするが、ぬすみ聞きも得意《とくい》だ。今は、息をひそめて、一言《ひとこと》も聞きもらさないようにしていた。

「さあ、どうかしら、デイブ」あまり乗り気ではなさそうな母さんの声がした。「強《きょう》行軍《こうぐん》だし、とちゅう、いろいろ大変《たいへん》よ。それに、岩だらけの場所もあるし、必死《ひっし》で作業《さぎょう》しなくちゃならないから、ビディーのめんどうを見てるひまなんてないわ」

「ビディーなら、心配ないよ。絶対《ぜったい》、だいじょうぶだ」

ビディーは、思わずにこっとした。さすが、父さん！

「ビディーは、きっと、一人前《いちにんまえ》に仕事ができるよ。ぼくが初《はじ》めて牛を集めに行ったのも、ちょうどビディーの年だった」

「そうねえ、ただ、わたし……」

そのとき、ラジオがガーガーいい始めて、二人の話は聞こえなくなってしまった。おじいちゃんが、朝のニュースを聞いていたのだ。

三　ひみつ

ビディーは、スクールバスを下りて、教室に向かって歩いていた。「わたし、行くのよ！　行くの！　牛を集めに行くの！」心の中で、ずっとくり返していた。大声でさけびたいくらいだった。

校庭のざわめきが、自分には関係《かんけい》のない別《べつ》の世界のことのように思われた。

「おはよう、ビディー」よかった、アイリーンだ！　ビディーが真っ先に話したいと思っていた親友だ。

「アイリーン、とってもいいことがあるの。ほんとは話さない方がいいのかな。もしかしたら、だめになるかもしれないから。でもね……」

「なあに、なんなの？　早く教えてよ、早く！」

「あのね、今朝、父さんと母さんが話してるのをこっそり聞いちゃったんだけど、来週、牛を集めに行くとき、わたしも連《つ》れてってくれるらしいの！」

「ヒュー、ホー！」アイリーンは、カウボーイのようなさけび声を上げた。「わあ、いいなあ！　わたしも、前から行きたくてたまらなかったの。パパもおじいちゃんも、岬《みさき》のことで、いつも、昔のいろんな話をしてくれるわ。とってもおもしろいのよ。クジラのひげとか、バナナの箱とか、死体とか、野生の犬とか……」

「それから、アルフ・ブロドリックの船に乗ったカンガルー……」

「それに、ゆくえ不明《ふめい》の人とか、予言をする人とか」

「そうそう、ほんとにおもしろいわよね。でも、わたし、あんまり喜《よろこ》んじゃいけないかもしれない。まだ、連《つ》れてくって、はっきりいわれたわけじゃないんだから。だけど、どうしても、そのことばかり考えちゃう」

「うーん、ぬすみ聞きなんかしなかったら、もし連《つ》れてってもらえなくても、がっかりしなくてすむのにね」

「だめ、だめよ。連《つ》れてってもらえないなんて、そんなこと、考えるのもやめて！」

　昼休みになると、校庭中に、子どもたちのなわとび歌や、ヒューンヒューンというなわの音がひびいた。みんな、一列にならんで、一人ずつなわの中に入っていく。二人の女の子が、なわの両はしを持って、何度も何度も回す。今日は、十一人、いっしょにとんでいる。何回とべるか、新記録《しんきろく》を作ろうというのだ。

♪黄色いドレスのシンデレラ
かいだん上がって　キスしたい
王子さまに　キスしたい
とちゅうで　ドレスをふんじゃった
それ見て笑《わら》う子　なあーん人？
一、二、三、四……♪

なわがアスファルトにパシッ、パシッと当たるたびに、女の子たちは、ひとかたまりになって、なわをとぶ。ヒューン、パシッ、ヒューン、パシッ。

♪六十五、六十六♪

「わあっ！　ビディー、なわをふんだわね。あと三回で新記録《しんきろく》だったのに」サンディーがおこった。

「ねえ、ビディー、ちょっと話があるの。行こう。ジェニーとルイーズが、代わりに入ってくれるわ」アイリーンが、ビディーの手を引っぱった。

二人は、ジャングルジムの横を通って、松《まつ》の木の下の古い土管《どかん》にこしかけた。

「ビディー、覚えてる？　わたしたち、いつも、土管《どかん》に入って遊んだわね。ビディーは、あの土管《どかん》から出られなくなっちゃって」

「そうそう、アイリーンたら、親友なのに、ベルが鳴ると、わたしを置《お》いてきぼりにして行っちゃったのよね。二年生のときよ、まちがいないわ。だって、わたしを引っぱり出したのはクラーク先生だったもの。今は、土管《どかん》に入るのも無理《むり》ね。ねえ、話って、なあに？」

ビディーは、少しどきどきしていた。アイリーンの家、リバーズ家《け》には、何か岬《みさき》に関係《かんけい》したひみつがあるらしい。アイリーンがそのひみつをビディーに打ち明けようというのなら、それはかなり重大なことだ。笑《わら》ったりしちゃいけない、ばかな質《しっ》問《もん》をしてもいけない、だれにもしゃべっちゃいけない、絶対《ぜったい》に。

「話を聞いてるあいだに、かみの毛をあんであげるわ」ビディーは、アイリーンの後ろにすわって、たっぷりしたかみの毛を三つに分けた。アイリーンのかみは、黒くて少しちぢれている。ビディーのかみは、金ぱつで真っすぐだ。小さいとき、二人は、自分たちが馬だったら、アイリーンはすらりとした黒いアラブ種《しゅ》、ビディーはがっしりした金茶色のクォーターホース種《しゅ》だ、と思っていた。

「わたしには、おばさんといとこがいたんだけど、いとこが赤ちゃんのとき、二人ともいなくなっちゃったの。ビディーは、お母さんから何か聞いてる？」

「聞いてない。だけど、母さんと父さんが話してるのは、ちょっと聞いたことがあるわ」

「さすが、ぬすみ聞きの名人ね」

「そのおばさん、ジョイシーっていうんでしょ？」

「そう。いとこは、今日がたんじょう日なの。朝ごはんのとき、パパがそういってたわ。生きてれば、九歳《さい》になるはずよ。わたしたちより、少し年下ね。みんな、ジョイシーは頭がおかしかったっていうけど、パパは、ちがうっていってるわ。ちょっと変《か》わってただけだって。馬や牛のことなら何でもわかってたし、子どものときに、テリブル山で道にまよった男の人を助けてあげたこともあるんだって。ほかの人はみんな、沼地《ぬまち》の方へさがしに行ったのに、ジョイシーは、犬を連《つ》れて、反対の方へ行ったの。そしたら、犬がその男の人のにおいをかぎつけたんだって。わたしのおじいちゃんが森林保護官《ほごかん》で森林の見回りや灯台《とうだい》の仕事をしてたから、ジョイシーとわたしのパパは、小さいとき、岬《みさき》に住んでたの。二人は、学校に行かなかったんですって。おじいちゃんが、読み書きや計算を教えたの。後は、一日中、二人で岬《みさき》を歩き回ってたみたい。岬《みさき》のことなら、鳥も動物も植物も川も海岸もみんな知ってたって、パパがいつもいってるわ」

「わあ、楽しそうね」ビディーの目がかがやいた。「わたしの父さんがアイリーンのパパと出会ったのも、そのころよね。父さんとおじいちゃんは、岬《みさき》へ牛を連《つ》れていったときは、いつも、アイリーンのおじいちゃんのところでキャンプしたんでしょ。前に父さんが話してたけど、父さんとアイリーンのパパとジョイシーが犬を連《つ》れてこっそり家をぬけ出して、大さわぎになったんですって」

「そうよ。でも、話のとちゅうでじゃましないで。それから、えーっと、パパが中学校に入るころになると、学校の先生たちに注意されて、おじいちゃんは、町の方にひっこさなくちゃならなかった。それで、パパとジョイシーは、学校に通うようになったの。ひっこして覚《おぼ》えたのはけんかの仕方だけだったって、パパはいってるけどね。ちょうど戦争《せんそう》が終わった年に保護官《ほごかん》の小屋はしばらくしめることになったから、どっちにしても、そこには、いられなかったんだけど」

「アイリーンのパパとジョイシーが小さいときに、二人のお母さんは死んじゃったんでしょ？　アイリーンのおばあちゃんよね」ビディーがいった。

「そうよ。おばあちゃんは、毒《どく》ヘビにかまれて死んだの。病院に運んだんだけど、もう、手おくれだったって。パパは、ジョイシーがあんな変《か》わり者《もの》になったのはそのせいだろうって、いってるわ。ジョイシーは、何も信《しん》じられなくなったのよ、きっと。お母さんがそんなことでとつぜん死んでしまったら、どうなっても不思議《ふしぎ》じゃないわ。とにかく、ジョイシーは、学校がきらいだったし、岬《みさき》に帰りたかったらしいの。岬《みさき》にしか住めなかったのよ。町は、ジョイシーには住みにくかったみたい。だって、町には、いつだって、だれかのうわさ話をしては悪口をいってるような人たちがいるでしょ。ジョイシーには、それがとてもがまんできなかったのよ。そして、町の人たちは、そんなジョイシーとは付《つ》き合《あ》えなかったのね。ジョイシーは自《し》然《ぜん》のままが好《す》きだったの。もしゃもしゃのかみをして、やぶれた服を着て、いつも木に登ったりウサギの巣《す》あなに入ったりしてた。無理《むり》に学校に行かされると、教室でずっと泣《な》いてたんだって。声を出して泣《な》くわけじゃないけど、大つぶのなみだを流しながら、すわってじっと窓《まど》の外を見てたって、パパがいってたわ」

アイリーンの目にも、大つぶのなみだがあふれた。ビディーは、ランチ代のおつりのコインをつつんでしばってあるハンカチを、そっとわたした。

「しばってないところでふいてね。それで、その話、どうなったの」

「ジョイシーが十六歳《さい》くらいのとき、ねえ、たったの十六歳《さい》よ、好《す》きな人ができたの。ロン・バーンズっていうんだけど、ロンもお人よしの変《か》わり者《もの》で、みんなが、おにあいの二人だといったそうよ。二人とも、ちょっと頭が変《へん》だからって。パパがいってたけど、それからがびっくりの連続《れんぞく》で、ジョイシーに赤ちゃんができたの。二人はけっこんして、家畜市場《かちくいちば》の近くの家に住むことになったの。緑色のあの小さな家のことよ。

二人は、みんなに変《か》わり者《もの》だと思われていて、だれとも親しく付《つ》き合《あ》おうとしなかったみたい。ジョイシーが、わなにかかったウサギをぶら下げたままホッジンさんのお店に立ちよって、種《たね》のカタログをウサギの血で真っ赤にしちゃった、っていう話もあるわ。パン屋がジョイシーにケーキか何かをぬすまれた、っていう話もあるけど、ジョイシーは絶対《ぜったい》にそんな悪いことをしないって、パパはいってたわ。ロンは製粉所《せいふんじょ》で働《はたら》いていて、おじいちゃんも二人を助けていた。だから、赤んぼうのジョーが生まれたときは、何もかもうまくいくはずだったの。そんなときに、あの事件《じけん》が起きたの」

「ロンがパブでけんかしたこと？」ビディーがいった。

「ちがうの。みんな、そういってるけど、それじゃあ、ロンがよっぱらってたみたいでしょ。でも、ロンは、パブに飲みに行ったんじゃない。もともと、お酒は飲まない人だったから。どこかの家の牛のむれが柵《さく》からにげたのを知らせに行っただけなの。親切なことをしようとしたのに、パブに入ったとたん、けんかにまきこまれたの。けんかしてた男が、ふり向きざま、ロンをガーンとなぐったのよ。ロンは、頭をゆかに打ちつけて、そのまま死んじゃったの。運が悪かったのね」

「それで、だれがなぐったの。なぐった人は、刑務所《けいむしょ》に入れられた？」

「ちょっとのあいだね、殺《ころ》そうと思ってなぐったんじゃないからって。殺《ころ》すつもりがないときは、死ぬまで刑務所《けいむしょ》に入れられることはないみたい。なぐったのは、この町の人じゃなくて、たまたま店に立ちよった男だった。ジョイシーはまるでゆうれいみたいになっちゃったそうよ。お葬式《そうしき》のときは、パパにささえられて、やっと立っていた。歩くなんて、とても無理《むり》だった。パパとママが、ジョイシーとジョーの荷物をまとめて、二人を連《つ》れてきたの。おじいちゃんもいっしょに住んでいる今の家にね。わたしがまだよちよち歩きのころよ。そして、ロンが死んでから半年くらいたったとき、ある朝、みんなが起きてみると、二人がいなくなっていたの。船《ふな》着《つ》き場《ば》におじいちゃんの小型《こがた》トラックが置《お》き去《ざ》りにされていて、トンプソンさんのボートがなくなっていた。みんな、ジョイシーは昔住んでいた岬《みさき》に向かったんだと思ったけど、その朝は東風が吹《ふ》きあれていて、そうさくの船を出すことはできなかったの。次の日、トンプソンさんのボートが、湾《わん》の出口の近くにひっくり返ってうかんでいたんだって」

「でも、二人は見つからなかったのね」

「そうなの。二人は消えちゃったの。オールやロープなんかは、浜《はま》に打ち上げられていたけど、あれから、ジョイシーとジョーを見た人は、だれもいないわ。二人が岬《みさき》についたことを示《しめ》すものはないかと、海岸をはしからはしまでさがしたけど、何も見つからなかった。パパとおじいちゃんは、馬で岬《みさき》に行って、前に住んでた辺《あた》りを何週間もさがし回ったけど、二人はどこにもいなかったの」

「ほんとに悲しい話ね、アイリーン」ビディーは、なみだ声だ。

「うん、悲しい話だけど、まだ終わったわけじゃないと思う。二人がおぼれ死んだなんて、どうしても信《しん》じられないわ」

四　おじいちゃんの話

ビディーは、うす暗いろうかから、部屋の中をのぞきこんだ。おじいちゃんが長いすでうたたねしている。ティガーが、おじいちゃんのおなかの上で、厚手《あつで》のセーターの中にもぐりこもうと、前足をもぞもぞさせている。おじいちゃんのごつごつした顔からずり落ちそうになっているめがねに、だんろの火がうつっている。部屋中が、あたたかい色に包《つつ》まれていた。

ビディーは、足音をしのばせて部屋の中へ入ると、静《しず》かに深呼吸《しんこきゅう》した。おじいちゃんは、とても年を取っている。わたしが赤ちゃんのときからずっとこの家にいて、いつも、この部屋にいる。おじいちゃんのいない毎日は、想像《そうぞう》もできない。「おじいちゃんが死んだら」なんて、考えるのもいやだ。

部屋は、パイプタバコ、なめし皮、かびくさい本、ユーカリ油、それに、おじいちゃんのにおいがした。おじいちゃんは、いつも、ほし草のにおいがする。松材《まつざい》のかべには、たながたくさんあるし、絵や写真も、いっぱいかざってある。

どれも、ビディーには見なれたものだ。賞《しょう》をもらった牛や馬や軍服《ぐんぷく》すがたの友人の写真、詩が書かれた紙、新聞の切りぬき、牛のねだんを走り書きした何年分ものカレンダー。茶色に変色《へんしょく》した父さんの写真も、ずらりとならんでいる。赤んぼうのときから大人になるまで、どの写真の父さんも、馬に乗っている。馬は、父さんの成《せい》長《ちょう》に合わせて、だんだん大きな馬になっていた。

ビディーの写真も同じだった。最初《さいしょ》の写真は、生まれて間もないビディーが、くらがしらに置《お》いたクッションにのせられ、父さんにしっかりとかかえられている。ビディーはまるで馬の上で生まれたみたいね、と母さんはよくいっていた。ビディーのそばには、いつも、馬がいた。

だんろの上には、ビディーのいちばん好《す》きなものが置《お》いてあった。海から走り出ようとしている馬のブロンズ像《ぞう》だ。馬は、足もとにあらあらしくおしよせる波におびえている。筋肉《きんにく》がもり上がり、たてがみが旗《はた》のように後ろへなびいている。

ビディーは、その美しい馬を指でなでるのが好《す》きだった。ビディーのなでるところが、つやつやと光っていた。

「そうそう、その調子！　がんばれ！」ビディーは、小さな声で馬によびかけた。

「えっ、何だって?」おじいちゃんが、目を覚《さ》ました。「ああ、ビディーか。また、そのがらくたに話しかけてるのかい」

「この馬のこと、そんなふうにいわないで、おじいちゃん。この馬はきっと海から出られるって、わたしは思うの。おじいちゃんも、そう思わない? ほら、見て、あと一歩で、固《かた》い砂《すな》の上に出られるわ。だって……」

「うーん、もしおばあちゃんが生きていれば、その馬のことを何か話してくれるだろうになあ。それは、おばあちゃんが町に出たときに買ってきたんだよ。どこかで見つけたんだろう。それはともかく、ビディー、顔がよく見えるように、こっちへおいで。このごろ、どうも目がよく見えなくてね」

ビディーは、長いすのはしに、ちょこんとすわった。「おじいちゃんは、今でも、いちばん向こうの牧草地《ぼくそうち》で牛がお産《さん》で苦しんでいるのが、ちゃんと見えるって、父さんがいってるわ」

「へえ、父さんは、今もそういってるかい。でも、それは、目がよく見えるというのとはちがうんだよ。何をしっかり見るか、おじいちゃんは知ってるんだ。何でも注意深く観察《かんさつ》してるんだよ。ビディーも、いつもちゃんとものを見ていれば、何が起こるかわかるようになるさ。それはともかく、今日は、学校でどんなことをしたんだね？」

「えーと、アイリーンと岬《みさき》の話をしたわ。ねえ、おじいちゃん、母さんと父さんは、今年は、わたしを行かせてくれると思う？」

「行くって、どこへ？」

「おじいちゃんたら、知ってるくせに。牛集めよ。ねえ、行かせてくれると思う？」

おじいちゃんは、にっこり笑《わら》うと、胸《むね》の上のティガーをなでた。「こいつは、うれしいときによだれさえたらさなきゃ、なんともいい猫《ねこ》なんだがな」

「ニャンともいいニャンコね、うふふ。それより、ねえ、どう思う？」

おじいちゃんは、ふしくれだった手で、ビディーの背中《せなか》をやさしくたたいた。「行けると思うよ。昨日《きのう》の夜、牛をもどすとき、とってもうまくやったそうだね。おじいちゃんは、こしが曲がってしまって、行けないのが残念《ざんねん》だよ。いっしょにいい仕事ができたのになあ」

「わたし、おじいちゃんのために、いろんなこと、わすれないで覚《おぼ》えてきて、話してあげる。だから、今は、おじいちゃんがお話して。ねえ、いいでしょ。あれがいいわ。わたしと同じ名前のビディーの話。その話を聞いたら、わたし、部屋にもどるわ」

「よし、話してあげよう。ここにおいで」

ビディーは、おじいちゃんの横にすべりこんで、おじいちゃんのほねばった肩《かた》に頭をのせた。そして、のどをごろごろいわせている猫《ねこ》をやさしくなでた。

「おまえの名前は、昔この辺《あた》りにいたビディーという女の人の名前をとって、つけたんだよ。そのビディーは、囚人《しゅうじん》で、タスマニア島のかんごくにいた。そのころ、イギリスでは、びんぼう人たちは、気《き》の毒《どく》なことに、ひどい目にあっていたんだ。たいていは、パン一切れをぬすんだくらいで、船に放りこまれて、タスマニア送りになった。あるとき、そのビディーと何人かの囚人《しゅうじん》がにげ出した。クジラとりの小さな船をぬすみ、本土のここまで船をこいで、海峡《かいきょう》をわたってきた。さぞ大変《たいへん》だったろう。あの辺《あた》りの海は、大がまの中のにえたぎる湯のように、波がさかまいている。船乗りでも何でもない、ただの人たちだ。だれも泳ぎ方さえ知らなかったと思うよ。とにかく、海峡《かいきょう》は無事《ぶじ》にわたり終えたが、岬《みさき》の東のとったんで、船がなんぱしてしまった。ビディーだけが助かって、シャドー山のふもとの小さなほらあなの中で、一人で生きのびた。あんなに小さなほらあなでは、雨や風をしのぐのはむずかしかっただろう。見つけたものは、何でも食べた。貝、木の実、魚、昆虫《こんちゅう》、地虫《じむし》……」

「いやだ、おじいちゃん、うそでしょ。地虫《じむし》なんて、食べるはずないわ！」

「うそじゃない、たしかに食べた。おまえだって、本当におなかがすいたら、見つけたものは何でも食べるよ。とにかく、地虫《じむし》は、りっぱな食料《しょくりょう》だ。おまえたちがふだん食べているものとは、ちょっとちがうだけだ。どこまで話したかな？　そうだ、ビディーはそうやって、メイソン兄弟に見つかるまで、一年近く、ほらあなでくらしていた。そのころ、メイソン兄弟は、今は町になっている辺《あた》りから岬《みさき》の方まで広がる大きな放牧場《ほうぼくじょう》を持っていた。まよった牛をさがしに行って、岩のかげからひょいと出てきたビディーに出くわした。兄弟は、さぞおどろいたことだろう。ビディーは、とてもおびえていた。さっきいったように、囚人《しゅうじん》たちは、ひどいあつかいを受けていた。とくに、女の囚人《しゅうじん》は。だが、メイソン兄弟は、気持ちのやさしい男たちで、ビディーを家に連《つ》れて帰った。家は、向こうの牧草地《ぼくそうち》にあったが、おまえの父さんが小さかったころ、火事で焼《や》けてしまった。残《のこ》っているのは、兄弟が植えた古いカシの木だけだ」

「わたし、その場所、知ってるわ」ビディーはうなずいた。

「ビディーは、料理人《りょうりにん》として、そこに落ち着いた。後になって、メイソン家のほねおりで正式につみをゆるされたが、ビディーは、二度とイギリスには帰らなかった。長生きして、死ぬまでメイソンの家にいた。おまえが生まれたとき、母さんは、おまえがそのビディーの半分でも勇気《ゆうき》があれば強く生きていける、と思ったにちがいない。だから、ビディーという名前にしたのさ」

五　ジョイシーの谷

その谷は小さくせまかったが、谷底《たにぞこ》は平らでコケがたくさん生えていた。谷の南のはしは、滝《たき》で行き止まりになっている。滝《たき》の両側《りょうがわ》はシダにおおわれ、大きな岩の表面を水が流れ落ちている。長い年月のあいだに、滝《たき》の下の花崗岩《かこうがん》はすりへって、浴そうのようななめらかなくぼみができていた。ジョイシーは、ここへ来て初《はじ》めての夏、ときどき、赤んぼうといっしょにそのくぼみに入って水浴《みずあ》びをした。

滝《たき》つぼからあふれ出た水は、小さな川となって谷間をくねくねと進み、背《せ》の高いアシのしげみの中に流れこんでいる。この小川を、ジョイシーは、子どものとき、川を上るサケのように水の流れにさからって、アシをかき分けながら一歩一歩進んできたのだ。あのときは、かくれ家《が》を見つけようと必死《ひっし》になっていた。ジョイシーが子どもでなかったら、とてもこんな小さな谷は見つけられなかっただろう。

滝《たき》つぼの少し上の方に平らな岩があって、その岩に上ると、目の前のがけに人がやっと通れるくらいのさけ目がある。そこから、ほらあなに入ることができる。あのときジョイシーが見つけたほらあなだ。中をのぞきながら、ここにはベッド、あそこにはだんろと、すてきな家を思いえがいたものだ。そのときは、ただ、女の子が空想の世界で遊んでいただけだったが、今では、ここに住んでいる。このひみつの谷は、思っていたとおり、すばらしいところだった。

谷は、北に向かってのびていて、いつも日差《ひざ》しをいっぱいに浴《あ》びている。両側《りょうがわ》にはとがった山が連《つら》なり、その斜面《しゃめん》には、たおれた木が重《かさ》なり合っているので、山を登って谷を見下ろすような人は絶対《ぜったい》にいない。いたとしても、しげった木々《きぎ》しか見えないだろう。

ジョイシーのしたことはとんでもないことだったが、すべては、念入《ねんい》りに計画され、決行された。岬《みさき》で本当にひとりになれれば、いやなことをわすれ、また、強く生きていける。それまでは、ジョイシーと赤んぼうはおぼれ死んだ、とみんなに信《しん》じてほしかった。あの夜、岬《みさき》に着いて、ボートを潮《しお》の流れにおし出すとき、身の回りのものを入れたかばんをいくつか、ボートの中にわざと残《のこ》しておいた。持ちものが何一つ浜辺《はまべ》に打ち上げられなかったら、きっと、何かおかしいとうたがわれてしまうだろう。だから、別《べつ》にいくつか用意してあったのだ。谷へ運んだかばんの中には、生きのびるためにどうしても必要《ひつよう》なものが入れてあった。おの、毛布二枚《もうふにまい》、防《ぼう》水《すい》コート、鉄なべ、水を入れる容器《ようき》、ライター、母さんのさいほう箱、よく切れるナイフ、砥石《といし》、えんぴつと紙、二十二口径《こうけい》の小さなライフルとたま、ウサギをつかまえるわな、本などだ。本は、ジョイシーにとって、現実《げんじつ》の世界からのがれるためになくてはならないものだった。本がなかったら、とても生きていられなかっただろう。本の中でも、コミック、とくに、ファントムのシリーズが大好《だいす》きだった。ぬれないようにかんの中に大切に入れて、何冊《なんさつ》も持ってきていた。

毎日、たくさんすることがあった。食べるものを見つけて食事を作るのにいそがしく、赤んぼうのジョーを体にくくりつけて、何でもした。

ミズゴケは、赤んぼうのおむつのうらに当てて使うのに便利《べんり》だったし、かんそうしたシダや海草は、毛布《もうふ》の下にしくと、心地《ここち》よいベッドになった。わなにかかったウサギは、肉を食べ、毛皮も利用《りよう》した。カンガルーやワラビーはかわいい顔をしているので、とてもライフルでうつ気になれなかったし、その必要《ひつよう》もなかった。魚や貝が海岸でかんたんにとれたので、食料《しょくりょう》は十分にあった。カンガルーグラスやソルトブッシュの種《たね》なども、なべでいって食べた。また、シルバービートやルバーブのなえを家から持ってきていた。このような野菜《やさい》を育てれば食べものにこまることはない、と父さんがよくいっていたからだ。小川の近くに植えて、海草やウサギのふんをひりょうにすると、どんどん育った。

岬《みさき》は、長ぐつのような形をしている。長ぐつの上の部分に当たる北側《きたがわ》は湾《わん》、西側《にしがわ》は大波のうちよせる砂浜《すなはま》、東側《ひがしがわ》は、岩だらけの海岸線が入り組んでいて、小さな入《い》り江《え》がいくつもできていた。中央部はところどころとぎれながら山々《やまやま》が連《つら》なり、その周《まわ》りには、沼《ぬま》、牧草地《ぼくそうち》、砂丘《さきゅう》、森、谷などが点々《てんてん》と散《ち》らばっている。

西側《にしがわ》の海岸には、ジョイシーはあまり近づかなかった。森林保護官《ほごかん》が住んでいるし、牛を放牧《ほうぼく》する人たちもよく通るからだ。東側《ひがしがわ》の海岸には、谷から行く道を見つけたので、いつもその道を使って行った。流木を持ち帰り、うまく組み合わせて、テーブル、いす、ベンチ、木馬などを作った。

ある年の冬、一頭のマッコウクジラが、海岸に打ち上げられた。数か月後、肉はくさってなくなり、ほねだけになった。ジョイシーは、何度も何度も海岸に行き、ばらばらになった大きな背《せ》ぼねを運んできて、小川のそばに一列にならべた。その

上を一つずつぴょんぴょん飛《と》んでいくのが、ジョーのお気に入りの遊びになった。「ジョー、おまえは、今、クジラの上をぴょんぴょん飛《と》んでいるのよ。それは、クジラの背中《せなか》のほねなの。ほら、ジョーの背中《せなか》にもあるでしょ」ジョイシーは、ジョーの手を取って、ジョーの背《せ》ぼねにさわらせた。「でも、ジョーのは、とても小さいわね」

何年かたつうちに、ジョイシーの谷は、ニワシドリの巣《す》のように、いろいろなかざりでいっぱいになった。ジョーは、よちよち歩きするようになると、海岸で、母親の後をついて回った。二人はきらきら光る砂浜《すなはま》や海でよく遊んだので、ジョーは、二歳《さい》になるころには、アザラシの子どものように上手に泳げた。ジョイシーとジョーは、岩場のあちこちにある潮《しお》だまりをたんけんした。すきとおった潮《しお》だまりは、イソギンチャクやヒトデ、カニや海草がいっぱいで、まるでほうせき箱のようだった。浜辺《はまべ》には、毎日、いろいろなものが打ち上げられた。ジョイシーは、その中から気に入ったものをつり糸に通して、ほらあなの周《まわ》りの木につるした。ウニ、ヒトデ、タツノオトシゴ、貝などが、クモの巣《す》にかかったように、空中でゆらゆらゆれた。

ジョイシーは、流れ着いたロープと流木で、ジョーのぶらんこを作った。また、魚をとるあみでハンモックを作り、夏は大きなブラックウッドの木《こ》かげに、冬はほらあなの中の火の近くにつるした。毎日、何かをしたり作ったりしないではいられなかった。何もしないでいると、不安《ふあん》な気持ちがしのびよってくるからだった。

冬がいちばんつらかった。寒い上に雨が多く、ジョーがまだ小さいころは外に出ることができなくて、とくに大変《たいへん》だった。そんなときは、ほらあなの中で、火をたやさないようにして、二人で絵をかいたり本を読んだりしながら、何日もすごした。ジョイシーは、一日の仕事をすませると、ほっとして、ハンモックの中でジョーといっしょに遊んだり歌ったりした。ときどき、古いハーモニカで、ジョーの好《す》きな曲を吹《ふ》くこともあった。足で軽くひょうしをとると、ジョーが、歌ったり、丸々《まるまる》と太った足でおどり回ったりする。ジョイシーは、にこにこしながら見ていた。ジョイシーは、この谷が好《す》きだった。胸《むね》の中の悲しみが消えることはないけれど、町でくらしていたころの不安《ふあん》な気持ちにくらべれば、安らかで心が休まる。

一日に何度も、ロンのことが思い出された。いっしょにすごした短い月日が、今では、ゆめのようだ。ジョイシーの銀の写真立てには、けっこん式の日の幸せそうな二人の写真が入っている。二人は、幸せな人生がずっと続《つづ》くと信《しん》じていた。

父さんやミック兄さんのことも、なつかしく思い出された。今でも、声に出して二人に話しかける。ある日、浜辺《はまべ》で遊んでいるジョーが「ごめんなさい、父さん。ごめんなさい、ミック」と小声でいっているのを聞いた。そのとき初《はじ》めて、ジョーが覚《おぼ》えてしまうほどいつも話しかけていたのかと気がついた。ジョーは、かわいい声で、歌うようにくり返した。「ごめんなさい、父さん。ごめんなさい、ミック」

ジョイシーは、カレンダーを持っていなかったが、毎年、パープルフラッグの花がさき始める日に、ほらあなのかべに炭で印《しるし》をつけた。ジョーのたんじょう日は十月五日だったが、どの日が十月五日に当たるのかわからなかった。ジョーが生まれた日、病院の窓《まど》から外を見ると、パープルフラッグがたくさんさいていた。それで、パープルフラッグがさくと、ジョーのたんじょう日を祝《いわ》うころだと思うのだった。ある年、ジョイシーは、かべに八つも印《しるし》があることに気づいて、ひどくおどろいた。

岬《みさき》にいると、ジョイシーは、死んだ母さんがすぐそばにいるような気がした。母さんの写真は、青と銀色のもようのかんに入れて、箱の中に大切にしまってある。

写真の母さんは、赤んぼうのジョイシーをだいて、ぎこちなくほほえんでいる。母さんの笑《わら》い方《かた》は、本当はこんなふうではない。カメラの前では、みんな、きんちょうするし、じっとレンズに見つめられたら、だれでもはずかしくなってしまう。母さんの顔立ちはとてもやさしく、はだは小麦色で、かみは黒くちぢれていた。

もう一枚《まい》の写真には、父さんと兄さんが写っている。二人とも馬に乗っていて、日の光がまぶしそうだ。足を前につき出し、長いむちを輪《わ》にして肩《かた》にかけ、ゆったりとすわっている。二人のことを思うと、ジョイシーは、いつも胸《むね》がはりさけそうだった。本当にひどいことをしてしまった。家にもどってわけを話し、二人を安心させたいと、何度も思った。でも、どうしてもできなかった。二人は強い、男だもの、と自分にいい聞かせる。母さんが死んだときだって、父さんは、無事《ぶじ》に乗りきることができた。そうはいっても、やはり、二人にもうしわけないという思いで、心がいたんだ。その上、この二年間は、体にも、つきさすようないたみを感じることがあった。

ジョイシーは、初《はじ》めてそのいたみを感じたとき、岩ガキの食べすぎだと思った。二度目は、野生のチェリーのせいにした。しかし、ついこのあいだは、立っていられないほどのいたみにおそわれて、あせびっしょりになった。今度こそ、家にもどらなければならないかもしれない。この谷でくらすようになったとき、いちばん心配したのは、ジョーが重い病気になることだった。マヌカのオイルをぬったり水で冷《ひ》やしたりしても治らなかったらどうしよう、とおそれていた。しかし、ジョーは、一度として病気にかかることはなく、いつも元気いっぱいだった。でも、わたしの体がこんなふうでは、不安《ふあん》でたまらない。もし、わたしの病気が本当に重くなったら、ジョーには看病《かんびょう》できないだろう。ジョーは、まだ八歳《さい》だ。あまりにおさなくて、ひとりで何もかもするのは無理《むり》だ。

こんな気持ちになったときは、いつも、ジョイシーは、かんの中から母さんの貝のネックレスを取り出した。岬《みさき》の向こうにあるシール島のものだと、父さんはいっていた。たくさんの小さな貝の一つ一つが緑色に光り、不思議《ふしぎ》な力をひめているかのようだ。セピア色にあせた写真の中でも、母さんのえりもとで美しくかがやいている。母さんのネックレスは、ジョイシーにとって、いちばん大切なたからものだった。

六　岬《みさき》の日々《ひび》

ジョイシーとジョーは、日の出とともに起き、日がくれるとねた。ジョーが成長《せいちょう》するにつれて、二人で楽しむことがふえていった。小さな湖で魚をつきさしてとったり、海岸で波乗りをしたり、のそのそと谷へやって来る年取ったハリモグラを見て大笑《おおわらい》いしたりした。そのハリモグラは、いつも、アリを見つけるのに夢中《むちゅう》で、二人がハリモグラの通り道で腹《はら》ばいになってじっとしていると、すぐ近くまでやって来た。ある日、ジョイシーは、はりでさされないように気をつけながら、セーターでハリモグラをつかまえた。二人は、ハリモグラの体をひっくり返し、やわらかな毛の生えたおなかから、ダニを見つけては取ってやった。おなかの毛は茶色で、なでてみると、ベルベットのようになめらかだった。ハリモグラは、はずかしがっている子どものように、かぎづめのある小さな前足で顔をかくした。

谷には、たくさんの鳥がいた。ミソサザイ、オウム、ムシクイ、二人のお気に入りのツグミ。鳥たちは、ジョイシーやジョーの近くを飛《と》び回《まわ》ったり、すぐそばの木に止まったりして、二人を少しもこわがらない。大急ぎでかくれるのは、ワシやタカの大きなかげが谷を通りすぎるときだけだった。ジョーは、どんな鳥の鳴き声もまねすることができたし、どの鳥がどこにどんな巣《す》を作るかも知っていた。ジョイシーと二人で、鳥の羽根《はね》を集めて、ほらあなの岩のわれ目につめこんだ。ジョーは、いつも、ベッドの中から、もえているまきのほのおがゆれるたびに羽根《はね》がかすかに動くのを、じっと見ていた。

　ジョイシーは、ジョーを貝づかに連《つ》れていった。岬《みさき》に何千年ものあいだ住んでいた先《せん》住民《じゅうみん》が食べたムール貝の貝がらが積《つ》もった場所だ。「夜、ときどき、ディンゴがほえているのが聞こえるでしょ。オオカミの遠ぼえみ

たいな声。ディンゴの祖先《そせん》は、先住民《せんじゅうみん》に飼《か》われていたのよ。たぶん、女の人たちが家で飼ってたの。でも、岬《みさき》から先住民《せんじゅうみん》が追いはらわれてしまって、ディンゴは野生の犬になったの」

ジョーは、岬《みさき》で自分たちと同じようにくらしていた人たちのことを考えるのが好《す》きだった。

二人は、魚をとるときは、東側《ひがしがわ》の海岸に行くことが多かった。海岸線が入り組んでいて、すがたを見られる心配があまりなかったからだ。といっても、もともと、心配するほど人が来るところではなかった。ときどき、海岸近くの平地で、牛のむれを見かけるくらいだ。ひみつの谷から流れ出る小川の水を求めて、つり船が海岸にやって来ることもあった。ジョイシーは、ディンゴのふんを集めて、ソードグラスの草むらにまいた。そうすれば、つり人の連《つ》れている犬が、ディンゴをこわがって近づいてこない。

ジョイシーとジョーは、数人の男女のグループに、もう少しで見つかりそうになったことがあった。足音も話し声もしなかったので、すぐ近くに来るまで気がつかなかったのだ。二人は、からをむいたカキを浜辺《はまべ》に置《お》きっ放《ぱな》しにして、あわててしげみに走りこんだ。その人たちは、ミドルスプリングで一週間キャンプして、毎日あちこち歩きながら、草花をさいしゅうしたり、写真をとったりした。

ある日、ジョーは、みんながテントをはなれているあいだに、テントを一つ一つ調べて回った。小さなテントの中にあったねぶくろがふんわりやわらかくて、びっくりした。食べものも全部調べて、チョコレートをおなかいっぱいつめこんだり、コーヒーを飲んで、にがくてはき出したりした。立ち去るときは小枝《こえだ》で足あとを消したので、ジョーがそこに行ったことはだれにもわからないはずだった。しかし、その夜、ジョイシーがジョーをベッドにねかせようとしたとき、シャツのポケットから、ぴかぴかの赤いアーミーナイフが転がり落ちたのだ。ジョイシーは、前から、キャンプの人たちのものにさわってはいけない、近づいてもいけない、とジョーにいい聞かせていた。だから、そのナイフを見たときは、気が動転して、思わずジョーをぴしゃりとたたいてしまった。そんなことは、それまで一度もなかった。そして、ジョイシーは、子どもがキャンプをうろつき回っていて、もし見つかったら、どんなひどい目にあうか、いろいろ話して聞かせた。それから、ナイフを取り上げると、母親のけんまくにおどろいて泣《な》いているジョーを残《のこ》して、外に飛《と》び出《だ》していった。

しかし、よく朝、ジョーが目を覚《さ》ますと、ジョイシーは、もう、にこにこしていた。

「そうっとテントに近づいてみると、あの人たち、ナイフがなくなったことに気づいてたの。ほらね、すぐわかっちゃうんだから。人のものを取るなんて、いけないよ。母さんは、みんながねるまで、じっと待ってた。それから、思いきりナイフを放り投げたら、うまい具合に、テントとテントのあいだに落ちたの。それで、引き返そうと思ったら、とつぜん、テントから頭がひょいとのぞいてね、たき火の明かりで光っているナイフの方を見たの。きっと、落ちる音を聞いたのね。その男の人は、はって出てきて、ナイフをつまみ上げると、不思議《ふしぎ》そうに首をかしげてた。ほんとに不思議《ふしぎ》そうだったわよ！」

その後、ジョーは、キャンプに近づかないようにしていた。しかし、遠くから見ていると、キャンプの人たちは、この岬《みさき》が好《す》きで、ここの動物や植物を大切にしているようだった。みんな、いい人たちなんだ。ジョーは、ジョイシーの話がとても信《しん》じられなかった。

いつも谷に牛を追ってやって来る人たちについても、同じだった。その人たちが牛を連《つ》れてきたり集めにやって来たりするとき、ジョイシーは、ジョーを谷から出さないようにした。そして、みんながどんなに悪い人たちか、話して聞かせた。しかし、ジョーは、大きくなるにつれて、そんなことはない、と思うようになった。ジョイシーは、その人たちがだれなのか、本当は知っていた。フレーザー家《け》の人たちだ。子どものころ、デイブ・フレーザーとはよく遊んだものだ。しかし、ジョーにそのことをいうつもりはなかった。デイブだって、今は、ほかのみんなと同じだろう。

ジョーは、牛に、なれていた。牛は冬のあいだいつも身近にいたし、ジョイシーが見ていなければ、追い回して遊んだ。しかし、ジョーが好《す》きなのは馬だった。たてがみやヒュッと音を立ててゆれるしっぽ、そして、夜そっと近づいてなでてやると、あいさつするようにやさしくいななくようすなど、すべてが好《す》きだった。この前、牛追いの人たちがやって来たとき、ジョーは、ジョイシーのいうことを聞かずに、二日間も牛や馬の後をついていった。見つからないように気をつけながら、夜、暗やみの中で身をふせて、たき火の方からとぎれとぎれに流れてくる歌や話をむさぼるように聞いた。母さんはまちがってる、あの人たちがぼくをひどい目にあわせるはずがない、と話す決心をして、ジョーは谷にもどった。しかし、ジョイシーが心配のあまりくるったようになったので、いい出すことができなかった。ジョイシーは、落ち着きをとりもどすと、ジョーをぎゅっとだきしめ、ジョーのかみの毛に顔をうずめて泣《な》いた。「おまえが行ってしまったと思ったの。あの人たちに連《つ》れていかれたって」ジョーの耳もとで、ジョイシーが、かすれた声でいった。「おまえにはいい人たちに見えても、そうじゃない。わたしは知ってるの。町にいたことがあるからね。絶対《ぜったい》、絶対《ぜったい》、人に見られちゃ、だめ。おまえをさらっていくかもしれない。おまえの父さんを殺《ころ》した人たちよ。おじいちゃんだって、助けられなかったんだもの」

ジョーは、ためいきをついて、ジョイシーをしっかりだきしめた。今はもう、ジョイシーがジョーを守っているのではなかった。ジョーがジョイシーのささえになっていたのだ。

その夜、二人は、ホワイトビーチで、海につき出しているクジラ岩にすわっていた。ジョイシーは小声で歌っていたが、ジョーはだまっていた。ジョーの心にいろいろな思いがうかんだ。母さんに心配をかけないようにしなければならない。ここにいて、母さんのめんどうを見るのだ。しかし、ジョーは、まるでほのおにさそわれる虫のように、湾《わん》の向こうの明かりに引きつけられていた。

七　ベラに乗って

空には、まだ、星がまたたいていた。ビディーは、庭のフェンスのそばでベラに乗って、岬《みさき》へ出発するのを今か今かと待っていた。こんなに早起きしたことはないし、こんな時間に馬に乗ったことは、もちろん、ない。ねむ気《け》も飛《と》ぶような冷《つめ》たい風が吹《ふ》いていたが、朝食《ちょうしょく》のオートミールと、ウールの手ぶくろとぼうし、それに、新しい防水《ぼうすい》コートのおかげで、体はぽかぽかあたたかかった。

ベラも、朝早くくらをつけられることになれていない。足ぶみしたり、体をゆすったりしている。銀色のたてがみが、家からもれる明かりを受けて光っている。

「おじいちゃんもいっしょに行けるといいのに」ビディーは、おじいちゃんによびかけた。

うら口で手をふっているおじいちゃんは、とても年取ってやせて見えた。猫《ねこ》のティガーが、足もとにまとわりついている。おじいちゃん、ひとりでだいじょうぶよね、わたしたち、一晩《ひとばん》るすにするだけで、木曜の夜には牛といっしょにもどる予定だもの。「わしのような老いぼれは、じゃまになるだけさ。ビディー、りっぱにしたくができたな。コートのボタンをはめなさい。浜辺《はまべ》は、こごえるほど寒いぞ」

「さあ、行くぞ」父さんが、荷馬のブルーにのせた荷物をかわひもでしっかりとめると、自分の馬に飛《と》び乗《の》った。父さんの馬、ゴードンは、静《しず》かに立っている。ゴードンは、かしこくてよく働《はたら》く、すばらしい馬だ。何年か前、ゴードンに乗って牛をさがしていた父さんは、沼地《ぬまち》に入りこんで、もう少しでどろに足を取られそうになった。しかし、ゴードンが、一歩ずつひづめで足もとをたしかめながら歩いて、ついに自分の体重を持ちこたえられるところまでたどり着いたのだった。

「明日《あす》は、かなりおそくなります。お父さん、家畜置《かちくお》き場《ば》の入り口は、必《かなら》ず開《あ》けておいてくださいよ」

「そんなこと、わかっとる！　開《あ》けておくよ」おじいちゃんは、むすこに指図されることに、いつまでたってもなれないようだった。「おまえの方こそ、スモーキー山の向《む》こう側《がわ》をよくさがすんだぞ。いつも、何頭か、はぐれた牛がその辺《へん》にいるからな。それに、海岸では、流砂《りゅうさ》にはまらないように気をつけるんだぞ！」

「はい。じゃあ、行ってきます」

「お父さんも気をつけてくださいね」母さんが、たづなをにぎりなおしていった。

三人は、馬の向きを変《か》え、早朝《そうちょう》の暗やみの中を出発した。荷馬と犬が続《つづ》く。ビディーは、くらの上でふり向きながら、おじいちゃんによびかけた。「行ってくるね、おじいちゃん。ティガーをよろしく。じゃあね」ビディーは、家畜置《かちくお》き場《ば》の先の低《ひく》い丘《おか》の上に来るまで、何度もさけんだ。やがて、家は見えなくなった。


平らな草原を、馬に乗った三つの人かげが進んでいく。岬《みさき》は、南の方にぼんやりと見えていた。東側《ひがしがわ》は湾《わん》で、灰色《はいいろ》の水面が広がっている。ビディーと両親は、西へ向かっていた。この後、農場の後ろの方にある入江《いりえ》のそばを通り、がけの上に出て、細くてけわしい道を浜辺《はまべ》へと下りる。それが、岬《みさき》へ向かうただ一つの道だ。広い道はないし、湾《わん》にそった干潟《ひがた》を通るのは無理《むり》だ。

大好《だいす》きな馬に乗って初《はじ》めての場所に行くって、なんて楽しいんだろう、とビディーは思った。岬《みさき》には、どんなぼうけんが待っているかしら。まるで、たんけん家《か》か流れ者みたい。ライフルがあったらいいのに。馬を走らせながらウサギをうつなんて、

すてきだろうな。

辺《あた》りは、馬が道をなんとか進めるくらいの明るさだ。初《はじ》め、馬たちは、早足でこうふん気味に走っていたが、しだいに落ち着いて、今は一定のリズムで走っている。荷馬のくらぶくろが、ひづめの音に合わせてはずむ。

林をぬけてがけの上に着くころ、東の空がもえるような赤とオレンジ色になった。

「ねえ、母さん!」ビディーが、大声でいった。「朝やけに注意!って、羊飼《ひつじか》いがいうわね。きっと、雨になるわよ」

ビディーは、たづなをしっかり持って、下を見ないようにした。今のように満《み》ち潮《しお》のときは、この道を行くしかない。しかし、この道は、牛を連《つ》れて通るには、せますぎる。牛は、おし合って、がけから落ちてしまう。ビディーは、高い波がおしよせるのを見下ろして、体がふるえた。牛を連《つ》れて帰るときは、潮《しお》が引いていて、砂浜《すなはま》を通れるだろう。

いよいよ、浜辺《はまべ》へ下りるけわしい下り坂のところに来た。ビディーは体を後ろにそらせ、ベラは後ろ足とおしりで砂《すな》の坂道をすべり下りた。ああ、平らな地面にもどれてよかった！

はるか遠い沖《おき》の海面には日の光がスパンコールのようにきらめいているが、岬《みさき》の山々《やまやま》には雲が低《ひく》くたれこめている。砂浜《すなはま》は、何キロも続《つづ》き、その先は、きりの中に消えている。左側《ひだりがわ》には砂丘《さきゅう》がそびえ、右側《みぎがわ》には波がくだけている。とつぜん、南極《なんきょく》からのこおるような冷《つめ》たい風が、三人の顔に砂《すな》や雨つぶをはげしく吹《ふ》きつけてきた。満《み》ち潮《しお》なので、砂丘《さきゅう》のふもとのやわらかい砂地《すなち》を行くしかなかった。波で打ち上げられた流木や海草が散《ち》らばっている。ビディーは、ベラに乗って、何かいいものはないかとさがしながら、元気よく進んだ。びんを見つけると、かならず近よって、手紙が入っていないかとのぞきこんだ。

そういえば、おじいちゃんから聞いた話がある。おじいちゃんは、昔、浜辺《はまべ》でバナナの箱を見つけた。バナナは当時ぜいたく品だったので、そのバナナをたっぷり食べて、残《のこ》りをくらぶくろに入れた。それから、いくらも行かないうちに、もう一つ、箱を見つけた。はじめの箱と同じくらいの大きさだったので、またバナナだと思ってふたを取ったら、中に死体が入っていた。だれかが死んで水葬《すいそう》にされ、岸に打ち上げられたのだ。おじいちゃんはそれから一度もバナナを食べていないといっているが、そんなことはない。ビディーは、おじいちゃんがバナナを食べているところを、たしかに見たことがある。

父さんと母さんは、何もいわずに、落ち着いたようすで、馬を進めていた。二人の馬は、吹《ふ》きつける風と雨の中、頭を下げて大またに歩いていた。チドリやイソシギが水ぎわを走り、犬に追われたカモメが飛《と》び立《た》って、鳴きながら上空をせんかいしていた。

八　牛を集める

浜辺《はまべ》を通ってブランデー川に着くのに、午前中いっぱいかかった。吹《ふ》きあれる風からのがれて林の中に入ったときには、みんな、ほっとした。雨はやんでいた。三人は、コケでおおわれた川岸に防水《ぼうすい》コートをしいて、昼食をとった。ビディーは、つかれていたが、両親にはだまっていた。雲のあいだから、わずかに日の光が差《さ》している。母さんがお湯をわかすために起こした火のおかげで、あたたかくなった。コンビーフのサンドイッチ、ほうろうが少しはがれたカップに入ったあまい紅茶《こうちゃ》、そして、厚切《あつぎ》りのフルーツケーキで、おなかがいっぱいになった。ビディーは家では紅茶《こうちゃ》を飲んだことがなかったが、野外で飲む紅茶《こうちゃ》はとてもおいしかった。三人は、ライオンの家族のように、身をよせ合ってひるねをした。しばらくして、犬のトップが食料《しょくりょう》の入ったふくろにもぐりこもうとする物音で、目を覚《さ》ました。

「こら！　そこから出なさい！　それは、わたしたちの食べものよ」ビディーがどなった。

「ねえ、ビディー、もしトップがわたしたちの食料《しょくりょう》を全部食べちゃって、家に帰るまでずっと、地虫《じむし》なんかを食べて生きのびなきゃならないとしたら、どうする？」

母さんが、からかうようにいった。

「わたしが名前をもらった、あのビディーみたいに？　見つけたものを何でも食べて、この岬《みさき》で生きのびたんでしょ。おじいちゃんがいってたわ」

その日の午後、三人は、木がまばらに生えた谷を通っていった。牛たちに大声でよびかけながら、ところどころに塩《しお》を置《お》いていく。高地に放牧《ほうぼく》されている牛は、塩《しお》をなめたくてたまらず、林の中から出てくるのだ。

開《ひら》けた場所に来ると、ビディーが塩《しお》の係になった。くらがしらに塩《しお》の重いふくろをつけたベラに乗って、「塩《しお》よー！　塩《しお》よー！」と何度も何度も牛によびかけながら、じっと待った。

牛たちは、ゆっくりと、あちらこちらの谷や尾根《おね》から、ぽつぽつと集まってくる。何か月も馬や人を見ていないので、初《はじ》めは用心深いが、すぐに落ち着いて地面の塩《しお》をなめ始める。ビディーは、むれの周《まわ》りを回って牛を一か所に集め、なだめるように声をかけた。
父さんと母さんは、それぞれ自分の犬を連《つ》れて、別々《べつべつ》の方向に向かった。牛がいそうな場所へ、遠くまでさがしに行くのだ。母さんの犬のトップは父さんのいうことを聞かないし、父さんの犬のナゲットは母さんのいうことを聞かない。二匹《にひき》ともビディーのいうことは聞かないので、それがくやしい。まるで、ビディーなんか何もわかってない、と思ってるみたいなのだ。ビディーが口ぶえを吹《ふ》いたり顔を真っ赤にしてさけんだりしても、トップもナゲットも、ばかにしたように、ビディーをちらっと見るだけだった。

ビディーは、父さんと母さんが早くもどってきてくれればいいのに、と思った。牛たちがなんだか落ち着かない。年取った荷馬のブルーをじっと見ている。まるで、ブルーが頭の二つある化け物で今にも自分たちにおそいかかってくる、とでも思っているかのようだ。どうしてそんなにブルーをこわがっているのか、ビディーにはわからなかった。ブルーは、こんもりしたしげみのそばにつながれていて、ただ立っているだけだ。半分ねむりながら、後ろ足を片方《かたほう》、休ませている。しかし、牛たちは、鼻を鳴らしながら、ブルーを見つめ続《つづ》けていた。

　やっと、遠くの方から、むちの鳴る音や犬のほえる声が聞こえてきた。よかった。母さんか父さんが、もうすぐ帰ってくる。そうすれば、もし牛たちがどっとにげだしたとしても、ビディーのせいにはならない。まもなく、母さんが、どろでよごれた牛のむれを追い立てながら、林の中からあらわれた。牛たちは、たがいに大声で鳴き合った。二つのむれがいっしょになった後、ビディーは、牛たちがブルーをこわがっていたことを、母さんに話した。

「ブルーをこわがるなんてことはないはずよ」母さんは、そういって、片足《かたあし》をくらがしらの上にのせ、馬のダスキーを軽くたたいていたわった。「ふーっ！　谷から牛を連《つ》れ出《だ》すのは、大変《たいへん》だわ。低《ひく》い木がおいしげっていて、何がひそんでいるかわからない。でもね、ダスキーは、どんなところでもかき分けて進んでいくの。ほんとにいい馬よ」

「もしブルーをこわがってたんじゃないんなら、牛たちは何をこわがってたの？」

ビディーが聞いた。

「ブルーの後ろのしげみに、何かいたんじゃないの？」

「それなら、どうしてブルーは平気だったの？」ビディーは、しつこく聞いた。

「そうねえ」母さんは、しばらく考えてからいった。「たぶん、ブルーにはこわくないものだったのよ」

その後すぐ、父さんも、牛のむれを連《つ》れてもどってきた。父さんの馬のゴードンは、あせびっしょりだった。たづなが当たる首のところは、あせがあわのようになっている。鼻のあなは、赤くなって開《ひら》いている。ビディーは、おじいちゃんの部屋にあるブロンズの馬を思い出した。あの馬も、全身、ぬれて光っていた。

雄牛《おうし》の何頭かは、体がとても大きく、角は長くて曲がっていた。あらあらしい目つきで馬たちをにらみつけ、もう少しでおそいかかりそうなようすだったが、やっとむれの中に入った。

「おじいちゃんのいったとおりだったよ」父さんがいった。「あの八頭は、スモーキー山の向《む》こう側《がわ》にいたんだ。角の大きさから見ると、あそこに二年はいただろうな。気をつけるんだよ、ビディー。もしあいつらが近よってきたら、にげなさい」

「そうよ、ビディー。大けがをするから」母さんもいった。「でも、あれを市場《いちば》に出したら、とても高く売れるわよ。ご苦労《くろう》さま、デイブ」

牛たちを囲《かこ》い場《ば》の中に全部追いこむのに、夕方までかかった。牛を集めておくこの囲《かこ》い場《ば》はずいぶん前に作られたもので、柵《さく》は切りたおした木でできている。何年にもわたって、牛を放牧《ほうぼく》する人たちが木の枝《えだ》を柵《さく》のあいだに次から次へと差《さ》しこんだので、今では、どんなにあらあらしい雄牛《おうし》でも通りぬけることはできない。

母さんが、牛を数えながら、むれを囲《かこ》い場《ば》の中に追いこんだ。ビディーと父さんが囲《かこ》い場《ば》の戸をしめ終わったとき、母さんがいった。「百七十五頭よ、あなたがさがし出したあの八頭を数に入れてもね。まだ、三十三頭、足りないわ。明日《あす》の朝は、何か所か、塩《しお》を置《お》いた場所にもどって、牛が残《のこ》っていないか調べなくちゃ。今日は、みんな、よくがんばったわ」

ビディーは、つかれきって動くことができなかった。あざやかな緑色のやわらかいコケの上にすわり、大きな花崗岩《かこうがん》にもたれて、コケを指でおしては、それがまた起き上がってくるのを、じっと見ていた。ウールの服と防水《ぼうすい》コートを着ているので寒くはなかったが、足だけが氷のように冷《つめ》たかった。ブーツの中が、ずっとしめったままなのだ。胸《むね》の黄色いコマドリが、夕日の中を、マヌカの木からすっと飛《と》んで下りてきた。辺《あた》りのワトルの木が、夕日にそまっている。何もかもが、金色にかがやいていた。

父さんと母さんが馬の手入れをしているところまで、木々《きぎ》の長いかげがのびていた。ビディーも、さっきまでベラにブラシをかけていたが、つかれているせいで、いらいらしてうまくできなかった。それで、母さんが、すわって休んでいるようにといってくれたのだ。父さんが、もうすぐ、たき火をしてくれるだろう。夕食がすんだら、ねぶくろに入って、火のそばでねる。気のあらい牛たちも、今は囲《かこ》い場《ば》の中でおとなしくしているし、犬たちは、つかれて荷馬のそばでねている。自分のえさがどこにあるか、よく知っているのだ。

「まったく、しょうがない犬だ！　ベーコンをぬすんでいったぞ！」父さんのおこったさけび声で、ビディーは、目を覚《さ》ました。朝食《ちょうしょく》のベーコンエッグをとても楽しみにしていたので、がっかりした。でも、トップがぬすんだはずはない。トップは、夜のあいだずっと、ビディーのねぶくろの中でねていた。でも、これは母さんにはいえない。ビディーが犬といっしょにねていたと知ったら、母さんはとても気げんが悪くなるだろう。ビディーは、急いでトップを足でおし出すと、首輪《くびわ》を持って引きよせながらささやいた。「ごめんね、トップ、おまえが悪者にされてるのに、ほんとのことをいわなくて。だけど、おかげで、わたしがおこられなくてすむわ。夜のあいだ、足をあたためてくれて、ありがとう」

ベーコンがなくても、おいしい朝食《ちょうしょく》だった。ビディーが、はり金をねじって作った長いフォークにパンをつきさして火であたため、父さんが、フライパンでたまごを焼《や》いた。

馬にくらを置《お》きに行っていた母さんが、もどってきた。「うわーっ、いいにおい！さあ、食べましょう。あら、あなたたち、もう食べてる！」

「母さんたら、子どもみたい。だいじょうぶ、母さんの分はそこよ、火のそば」ビディーがいった。「馬たち、今朝の調子はどう？」

「いいわよ、上々《じょうじょう》だわ。あのたてがみ、ビディーがあんだのね。あのあみ方、好《す》きよ。とてもおしゃれね。アイリーンが教えてくれたの？」

ビディーは、不思議《ふしぎ》そうな顔をした。「何のこと？　わたし、たてがみをあんだりなんかしてないわ。父さんに聞いてみて。わたし、さっき、起きたばかりなの」

九　岬《みさき》の貯蔵《ちょぞう》小屋

ジョイシーは、生きていくために、この辺《あた》りの土地で手に入るものなら何でも利《り》用《よう》した。しかし、それだけでは、ジョーと二人のくらしは、もっとみじめなものだったただろう。じっさいには、それ以外《いがい》に、必要《ひつよう》なものを手に入れる方法《ほうほう》があったのだ。

ジョイシーが小さいころからずっと、岬《みさき》の南のはしに、〈変人《へんじん》のダン〉とよばれる老人《ろうじん》が住んでいた。ダンは、人に会うことをおそれて世間からかくれ、何年も前に自分で建《た》てた丸太小屋でくらしていた。ジョイシーと兄さんは、子どものころ、ダンをからかうような歌を作って遊んだ。

♪ダーン　ダーン　きたないダン
　フライパンで　顔あらう♪

すると、ジョイシーの父さんは、ばつとして、二人を夕食ぬきでベッドに放りこんだ。

ダンを見たことのある人はほんの数人だったが、父さんはその一人だった。森林保護官《ほごかん》をしていたころ、父さんは、いつも、貯蔵《ちょぞう》小屋のかぎをかけないでおいた。中にあるものを、ダンが自由に持ち出せるようにするためだ。そのことについては、ずっと、だれも何もいわなかったし、今も、いう人はいない。森林保護官《ほごかん》の仕事の一つはダンのために貯蔵《ちょぞう》小屋のかぎを開《あ》けておくことであると、だれもが知っている。こうして、万事《ばんじ》、うまくいっていた。

ジョイシーは、その同じ貯蔵《ちょぞう》小屋から、ときどき、ものを持ち出した。ジョーがまだ赤んぼうだったころ、ジョーをだいて貯蔵《ちょぞう》小屋に行くのは、一日がかりで大変《たいへん》だった。しかし、ジョーが大きくなると、二人で行くことが楽しくなった。「ジョイシー、貯蔵《ちょぞう》小屋に行こうよ」ジョーは、よくそういった。「さとうが、もう、なくなったよ」

二人が着るものを手に入れたのも、貯蔵《ちょぞう》小屋からだった。ジョイシーは、町を出るとき、ジョーのために、よちよち歩きの子どもが着るくらいの服は持ってきたが、それより大きいサイズの服は持ってこなかった。こんなに長いあいだ二人だけでくらすことになるとは思わなかったからだ。ジョーが大きくなるにつれて、自分のシャツやズボンのたけをちぢめたり作りかえたりして、ジョーの服を作らなければならなかった。でき上がった服は、かっこうは悪かったが、着心地《きごこち》がよくてあたたかかった。

冬にそなえて、ジョイシーは、上着にウサギの皮でうらをつけたり、あたたかい毛を内側《うちがわ》にして防寒用《ぼうかんよう》のくつを作ったりした。ジョーは、ほとんどはだしですごしていたし、ジョイシーも、ここ数年、くつらしいくつをはいていない。二人の足は、ひづめのように、かたくてがんじょうになっていた。寒くなると、あたたかくてやわらかい毛皮のくつをはくのが楽しみだった。

何年ものあいだ、ジョイシーは、服を直したり、つくろったり、何度もつぎを当てたりしていた。しかし、とうとう、二人の服は、すり切れてぼろぼろになってしまった。たよりにできるのは、貯蔵《ちょぞう》小屋しかなかった。

「ダンには悪いわね」森林保護官《ほごかんよう》用の作業《さぎょう》ズボンをはきながら、ジョイシーは笑《わら》った。「ダンは、急によくばりになったって、思われるでしょうね」

ジョイシーとジョーは、貯蔵《ちょぞう》小屋に入る前にはいつも、建物《たてもの》のうらの丘《おか》の上に腹《はら》ばいになって、しばらくのあいだ、ようすをうかがった。森林保護官《ほごかん》がいないことをたしかめるためだ。犬が放してあれば、保護官《ほごかん》はいる。そのときは、決して中に入らなかった。何も持たずに家に帰るときの道のりは、とても長く感じられた。もし犬がつないであれば、保護官《ほごかん》はいない。二人は、丘《おか》を下りていって、必要《ひつよう》なものをかき集める。粉《こな》ミルク、紅茶《こうちゃ》、小麦粉《こむぎこ》、さとう、マッチ。前よりものがたくさんなくなっていることに、だれも気がつかないようだった。犬は、初《はじ》めて二人を見たとき、くるったようにほえたてた。それ以来《いらい》、ジョイシーは、ウサギの生肉を一切れ、犬のために必《かなら》ず持っていくようにした。犬は、二人になついて、しっぽをふってじゃれたり、よだれをたらしたりするようになった。

「ぼく、犬がほしいなあ」ある日、ジョーがいった。そして、保護官《ほごかん》の犬の黄色い目をのぞきこんだ。「こいつみたいに、ばかな犬でもいいからさ」

ジョイシーは、顔をしかめた。「犬を飼《か》うなんて、だめよ。おまえとわたしだけでいいの。二人だけよ、ジョー」

十　別《わか》れ

ほらあなの外では、雨と風が、木々《きぎ》にはげしく打ちつけていた。ジョーは、ハンモックの中で、ほのおのかげがジョイシーの顔の上でゆらめくのを見ながら、甲《こう》イカの白い甲《こう》をつめでけずって粉《こな》にしている。何か目的《もくてき》があって、やっているわけではなかった。母親のジョイシーが、具合が悪くて、ねている。前からいたみがあったが、今日ほどひどいのは初《はじ》めてだった。今朝、流木で作った大きなベッドにたおれこんだまま、起き上がることもできない。午後はずっと、寒い、苦しい、といい続《つづ》けていた。ジョーは、火をいきおいよくもやし、毛布《もうふ》やしきものをあるだけ全部、ジョイシーの体にかけた。しかし、ジョイシーは、まだふるえていた。あれから、もうずいぶん長い時間、ねむり続《つづ》けている。何か飲んだ方がいいかもしれない。顔色がとても悪い。

「ジョイシー」ハンモックから身を乗り出して、ジョーがささやいた。ジョイシーは動かない。「ジョイシー！　起きてよ！」ぴくりともしない。ジョーは、ハンモックからとび下りてベッドのところまで行くと、ジョイシーの肩《かた》をはげしくゆすった。「目を覚《さ》ましてよ、ジョイシー！　お願《ねが》い！」ジョイシーは、ジョーが起こせば、いつでも目を覚《さ》ましてくれた。いつでも、そばにいてくれたのだ。「ジョイシー！　ジョイシー！　聞こえる？」

ジョーは、ジョイシーの顔にほおをよせた。静《しず》かな息づかいが感じられる。よかった。たぶん、ゆっくりねむればいいんだ。ジョーは、ベッドに入って、ジョイシーとならんで横になった。片腕《かたうで》をジョイシーの体にかけ、かみの毛に顔をうずめる。ぼくが目を覚《さ》ますころには、ジョイシーはよくなっているだろう、きっとそうだよ。

ジョーが目を覚《さ》ましたとき、外ではあらしが吹《ふ》きあれていたが、ほらあなの中はおだやかで静《しず》まりかえっていた。火は、もう、ほのおを上げずに、赤くかがやいているだけだ。ジョーがねむる前と同じように、ジョイシーは横たわっていた。しかし、体が冷《つめ》たい。息をしているだろうか。していない。ジョーは、毛布《もうふ》をおしのけると、ジョイシーの胸《むね》に耳を当て、心臓《しんぞう》の音を聞こうとした。何も聞こえない。あわてて、あちこち場所を変《か》え、耳を当てる。聞き方が悪いのかもしれない。でも、やっぱり、何も聞こえない。

「ジョイシー、ねえ、ジョイシー。そんなの、いやだよ！　だめだったら！」ジョーは、ジョイシーの手を両手にはさんで、なでたりさすったりした。しかし、ジョイシーの指は、冷《つめ》たく、だらんとしたままだった。悲しさが、息のつまるようないたみとなって、のどのおくからわき上がってきた。ジョーは、死というものがわかっていた。これで、命が終わったのだ。

ジョーは、長いあいだ、ベッドのわきにひざまづいて、母親の胸《むね》に頭をのせていた。母親に話しかけ、なみだを流し、大声で泣《な》いた。しばらくして、ジョーは、毛布《もうふ》をかけ直し、ベッドをきれいにととのえた。消えかけた火をかきよせ、転がっているカップを拾い上げ

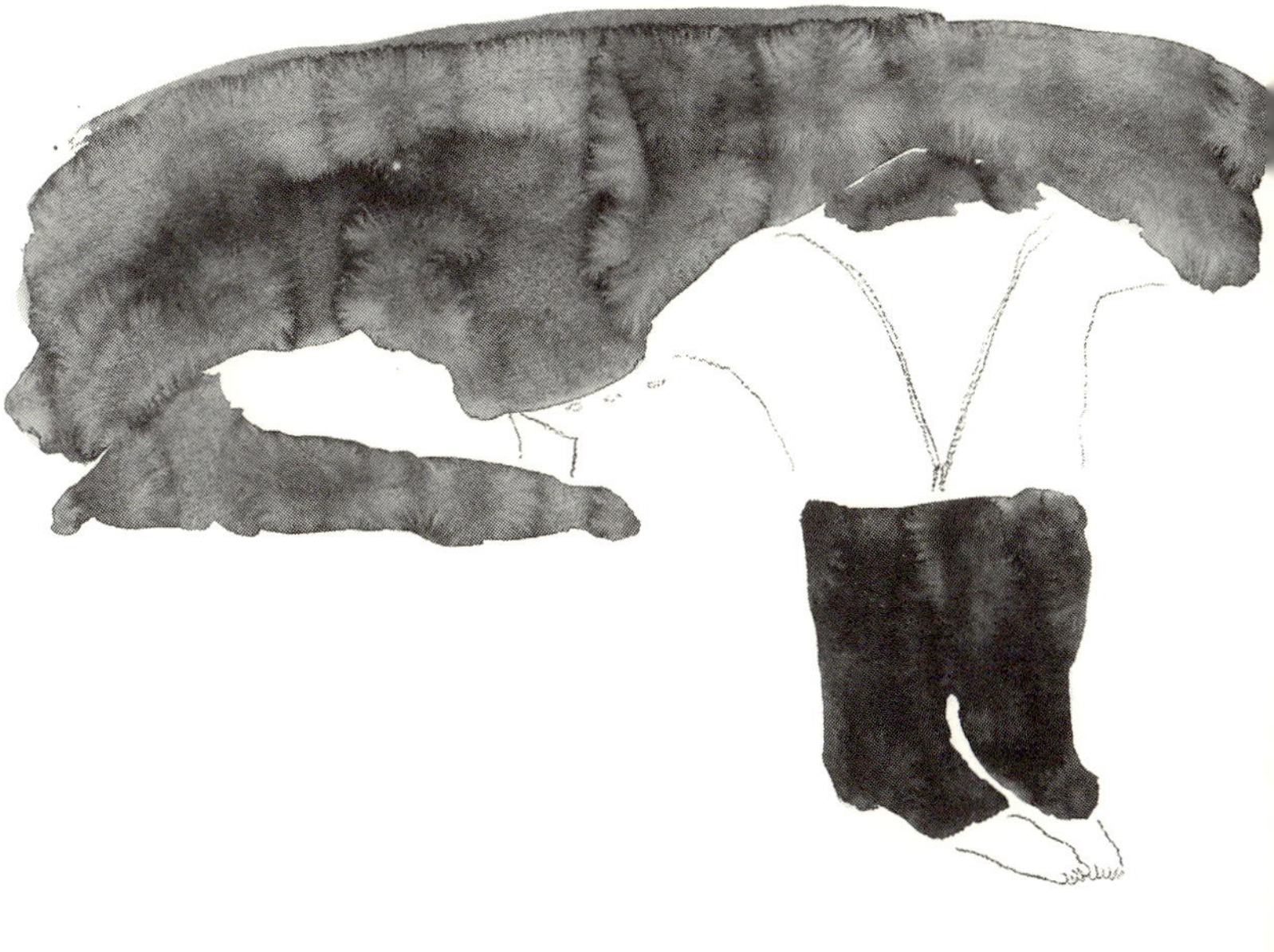

て、散《ち》らかっているものをもとのようにかたづける。もとのようにだって？　もとのようになるなんて、前と同じようになることなんて、もう決してないんだ。ぼくは、ひとりぼっちになってしまったんだ。

とつぜん、ほらあなが、おはかのように感じられた。そして、母さんは……、ちがう、これはもうぼくの母さんではない。母さんは、もういないんだ。だから、ぼくはここにいることはできない。ジョーは、大きなかばんを引っぱり出して、荷物をつめ始めた。最初《さいしょ》は手当たりしだいだったが、そのうち、よく考えてつめるようになった。ウサギの皮のしきもの、コミックのファントム・シリーズ、青と銀色のもようのかん、着るもの、道具類《どうぐるい》、必要《ひつよう》なものは何でも……。でも、何のために必《ひつ》要《よう》？　生きていくために？　ぼくは、どこへ行こうとしているのだろう。

ジョーは、かばんを出口まで運び、ふり返って、もう一度、ほらあなの中を見た。ふと、あることを思いついた。ジョーは、かばんの中からかんを手さぐりで引っぱり出し、注意深く開《あ》けて、貝のネックレスを取り出した。ベッドのところにもどって、母親の顔の周《まわ》りに、ネックレスをそっと置《お》く。それから、ほおをよせて、最後《さいご》にもう一度、母親の美しいかみの毛のにおいをかいだ。

ほらあなの外にかばんを出す。雨が、ジョーの顔を打った。ジョーは、外に出ると、積《つ》んである石の山を手さぐりでたしかめた。ジョイシーのファントム・シリーズに巨大《きょだい》なトラの話があって、ジョーは、小さいころ、そのトラがこわくてたまらなかった。ジョイシーは、笑《わら》いながら、だいじょうぶだといった。しかし、ジョーは、トラがおそってきてもほらあなの中に入れないように、石を運んできてバリケードをきずく、といいはった。それ以来《いらい》、石の山は、そこにあった。今、ジョーは、石を一つ、また一つと積《つ》み上《あ》げて、ほらあなの入口をたんねんにふさいでいく。母親のジョイシーがだれにもじゃまされないで静《しず》かにねむれるように、ほらあなをとじてしまうのだ。

雨が、ジョーの顔を流れ落ちる。なみだの塩《しお》からい味がする。寒さで、手の感覚《かんかく》がなくなっている。いっしゅん、いなづまが光り、入口がほとんどふさがっていることがわかった。石のすきまに、ぬれた土をつめこむ。少しのあいだ、積《つ》み上《あ》げた石に顔をよせた。それから、かばんを肩《かた》にかけると、ほらあなを後にして歩きだした。滝《たき》つぼの横を通り、ぶらんこのそばを通る。貝がらのかざりが、風でくるくる回っている。細い道を登っていくとき、いなづまが、木々《きぎ》を青く不気味《ぶきみ》に照《て》らし出した。しかし、ジョーはふり返ろうとしなかった。

ごうごうと音を立てている急流《きゅうりゅう》にそって歩いていく。シダの葉や木の枝《えだ》が体に当たる。雨がたたきつける。方角もわからないまま、何時間も歩いた。ただ、ひたすら歩き続《つづ》けた。自分が今どこにいるのか、見当がつかない。岩のかげでひと休みしていると、あらしの音にまじって、かすかに、鳴き声のようなものが聞こえた。耳をすませてみる。上の方で、たしかに、何かが鳴いている。ジョーは、かばんを置《お》いて、すべりやすい岩をそろそろとはい上がった。ひざをすりむいたが、寒さのせいで、いたみはほとんど感じない。ジョーは、真っ暗な小さいほらあなの中をのぞきこんだ。そのとき、雲が切れて月の光が差《さ》した。中にいたのはディンゴの子犬で、母犬のそばでクンクン鳴いている。ジョーは、ほらあなの中へはっていった。子犬は、歯をむき出して、はげしくほえながら、母犬のかげにかくれた。母犬は動かない。さわってみた。死んでから何日もたっているようだ。犬の体は、冷《つめ》たくかたくなっている。においがひどい。母親のジョイシーもこうなるのかと思うと、ジョーはたまらなかった。

「おいで、いい子だから、こっちにおいで」ジョーは、やさしくよびかけた。「ぼくもおまえも、ひとりぼっちだね。友達《ともだち》になろうよ」ディンゴの子犬はとがった歯をむき出したが、ジョーは、かまわず、子犬をだきよせて、着ているシャツの中に入れた。そして、体をくねらせながら、入り口まではってもどった。しんせんな空気が気持ちいい。ほらあなの外は暗くて、まだ雨がふっていた。ジョーは、子犬をそっとゆすりながら、やさしく話しかけた。「よしよし、いい子だね。よしよし、もう、だいじょうぶ」ジョーが暗やみをこわがったとき、ジョイシーは、いつも、こんなふうに話しかけてくれた。子犬をなだめているうちに、ジョー自身も、気持ちが落ち着いてきた。やがて、子犬は、小さな体をジョーにぴったりとすりよせた。小さな黒い鼻と二つのきらきら光る目が、シャツのボタンのあいだからのぞいている。

雨がようやくやんできて、月が出た。ジョーは、片手《かたて》に子犬をしっかりかかえて、岩をはい下りた。そして、置《お》いてあったかばんを持つと、すべるように、林の中へ消えていった。

十一　海辺《うみべ》の帰り道

牛のむれは、浅《あさ》い川に生えているペーパーバークの木のあいだを、水をはね上げながら歩いていく。タンニンをふくんで茶色がかった流れの両側《りょうがわ》には、あちこちに大きな花崗岩《かこうがん》がはり出している。岩は、何世紀《なんせいき》にもわたって雨に打たれて黒ずみ、表面にはところどころ、オレンジ色のコケがはりついている。川の両岸には、けわしい山がせまっていた。

ビディーと両親が集めた牛は全部で二百三頭。ということは、五頭足りない。死んでしまったのか、さがしに行かなかった遠くの谷に入りこんでいるのかはわからない。ただ、見つけるには、次の秋まで待つしかなかった。牛のむれがちゃんと川を下っていくように、馬に乗ったビディーは、むれのそばをはなれずに進む。両岸の木々《きぎ》の枝《えだ》が頭上《ずじょう》にはり出してしげっているので、牛とあせと土のにおいがこもって、むっとするような暑さだった。

海辺《うみべ》に出ると、空気がさわやかになった。砂浜《すなはま》が一面に広がっている。牛たちは、急に列をみだして走りだした。ビディーも馬を走らせて、むれが家に向かうように、右へ右へと牛を追った。広々とした場所に出られて、いい気持ちだ。上空には、カモメが飛《と》んでいる。昨日《きのう》の強い風はもうやんで、おだやかな南風が吹《ふ》いている。ふんわりとした雲が、十月の青い空にただよっている。すばらしい天気だった。

牛が全部、海辺《うみべ》に着いて、一つのむれになった。ビディーは、くらぶくろの中を手さぐりして、母さんが今朝作ってくれたサンドイッチを取り出した。今日は、お昼を食べるための休憩《きゅうけい》時間はない。まもなく、引《ひ》き潮《しお》になる。砂浜《すなはま》が広くなっている引《ひ》き潮《しお》のあいだに牛のむれを入江《いりえ》のところまで連《つ》れていくためには、休まずこのまま前進しなければならない。潮《しお》が満ち始めると、あっという間に、がけ下まで海になってしまう。何年も前に、おじいちゃんが、とつぜんおしよせた潮《しお》の流れにつかまってしまったことがあった。冷《つめ》たい海水の中でもがいている牛たちのことを考えるたび、ビディーはぞっとする。

牛を連《つ》れて浜辺《はまべ》を進むのは、らくだった。右側《みぎがわ》はがけのような高い砂丘《さきゅう》なので、牛が林にまよいこむこともない。父さんは、むれの先頭にいて、走り出そうとする牛がいれば落ち着かせ、他の牛たちもきちんと後に続《つづ》くようにした。父さんのすぐ後ろにいる体の大きな牛たちが、顔を上げて、太い声で鳴いている。スモーキー山の向《む》こう側《がわ》から集めてきたこの牛たちのことを、ビディーたちは〈あばれもの〉とよんでいた。ときどき、けたたましい犬のほえ声と、むちがビュンビュン鳴る音がひびく。先頭から飛《と》び出《だ》そうとする牛を、父さんがむちを使い、犬が前に回って止めようとしているのだと、ビディーにはわかった。

犬たちは、勝手《かって》に列を飛《と》び出《だ》す牛がいるのを、むしろ楽しんでいるように見えた。そんな牛には、思いきりかみついてもいいからだ。むれの前をかけながら、ふり向いては、あばれものを見はっている。「さあ、来い。また、飛《と》び出《だ》す気か？ やれるもんなら、やってみろ！」とでも、いっているようだった。家に着くころには、牛たちも、ずっとおとなしくなっているだろう。「教育している」と父さんはいうのだが、父さんも犬と同じように楽しんでいるにちがいない、とビディーは思った。

母さんは、荷馬といっしょにむれの後ろにいて、ぐずぐずしている牛たちを追い立てている。ビディーは、浅瀬《あさせ》の水をはね上げながら、むれの海側《うみがわ》を進んでいる。波打ちぎわに行こうとする牛や、打ち上げられた茶色い海草を食べようとして立ち止まる牛がいれば、むれの中に追い返さなければならない。片方《かたほう》の足をくらがしらにのせて休ませながら、ビディーは考えていた。昨日《きのう》の夜、馬のしっぽやたてがみをあんだのは、いったいだれだろう。父さんや母さんがわたしをからかっているはずはないし、馬の毛が自然《しぜん》にもつれて、あんなふうになるはずもない。ゴードンのしっぽは、三つあみにしてあった。わたしやアイリーンがかみの毛をあむのと同じあみ方だ。母さんの馬は、たてがみが首すじにそって一本にあみこんである。ベラのたてがみには細い三つあみが三本、それぞれの先に、まだらもようの鳥の羽がつけてある。今度、アイリーンのかみの毛をあむとき、やってみよう。真っ赤なインコの羽を持ってるから、あれをアイリーンの黒いかみにつけたらすてきだろうな。たぶん、赤いビーズも……。

「ビディー！　ビディー！」母さんの声で、ビディーは、はっと、空想の世界からよびもどされた。「早く行って、牛を連《つ》れもどしなさい！」

ビディーは、あわててベラを走らせ、ばらばらになった牛のむれを追った。ベラは、牛の方向を変《か》えさせようと、耳を後ろにたおして、牛をにらみつける。

「もどって！　そっちに行っちゃだめ！　おまえたち、泳げないんだから！」ビディーはさけんだ。

ベラは、ひづめの音を立てながら、牛のむれとならんで走っていた。
空を流れる雲が水たまりにうつって、地面がまるで動いているように見えた……。

十二　流砂《りゅうさ》にはまる

後になってから、ビディーは、あのときのことを思い出そうとした。前ぶれらしいものは、全然なかった。砂浜《すなはま》には、深いくぼみも、足を取られそうなところもなかった。まったく不意《ふい》打《う》ちだった。固《かた》い砂地《すなち》をすべるように走っていたベラが、とつぜん、止まった。次のしゅんかん、ビディーは、ベラの頭をこえて投げ出されていた。

最初《さいしょ》は、ベラが転んだのだと思った。ビディーは、よろよろ起き上がると、声をかけてベラを立たせようとした。「ベラ！　さあ、立って！」そのとたん、自分の足が砂《すな》にすいこまれるのを感じた。ビディーには、何が起こったか、初《はじ》めてわかった。

「母さん、大変《たいへん》！」ビディーは、大声でさけんだ。「助けて！　ベラが出られないの！流砂《りゅうさ》にはまっちゃった！」ベラは、もがけばもがくほど、ますます深くしずんでいき、肩《かた》まで砂《すな》にうまってしまった。「神さま、お願《ねが》い！　わたし、何でもします。

どうか、ベラを助けてください！　さあ、ベラ、出るのよ！」

ビディーは、たづなを引っぱった。ベラは、うめきながら必死《ひっし》でぬけ出そうとしたが、少しも動けない。とつぜん、くつわが外《はず》れ、そのひょうしに、たづなを引っぱっていたビディーは、ぬれた砂《すな》の上に投げ出された。かけつけた母さんは、少しはなれた固《かた》い砂地《すなち》で馬を下りた。ビディーは、砂《すな》だらけでびしょぬれになって、たおれたまま泣《な》いている。

「さあ、ビディー、立って。ブルーがベラを引き出せるかもしれない」母さんは、年取った荷馬の腹《はら》の回りにロープを結《むす》ぶと、一方のはしをビディーに投げた。「これをベラの腹帯《はらおび》に結《むす》びつけて。くらの上よ。ビディー、腹《はら》ばいになりなさい。そうすれば、しずまないから」

ビディーは、はうようにしてベラに近よる。ベラは、もう、もがくのをやめていたが、そのようすがあまりにもあわれだったので、ビディーは、また、泣《な》きだした。ベラのきれいなたてがみは茶色になってべったりと首にはりつき、おびえた目は砂《すな》だらけだ。ただ、もうそれ以上《いじょう》、しずむおそれはなさそうだった。

「心配しないで、ベラ。だいじょうぶよ」ビディーは、なだめるように話しかけた。

ロープは、重くて固《かた》い。ビディーの手は、ふるえが止まらなかった。ビディーは、手ぶくろをはずして、遠くへ放り投げた。「しっかり結《むす》べたと思うわ。引っぱって、母さん。わたし、おすから」

母さんは、ブルーを海と反対方向に向かせた。ブルーは、胴《どう》に回したロープに体重をかけ、砂《すな》にひづめを食いこませながら、全力をこめて引っぱった。とつぜん、ブルーは前につんのめった。しかし、ベラはそのままだ。ロープのはしには、ちぎれた腹帯《はらおび》がぶら下がっているだけだった。

「だめだわ、母さん！　切れちゃった！　ベラは、ちっとも動いてない！」ビディーがさけんだ。

母さんは、ブルーを後もどりさせて、ロープから腹帯《はらおび》をはずそうとしたが、結《むす》び目《め》が固《かた》くてほどけない。小さく舌打《したう》ちした。絶望的《ぜつぼうてき》な気持ちになっているのを、ビディーに知られたくなかった。「ビディー、結《むす》び目《め》を切るから、ちょっと待って」

母さんは、ロープをナイフで切りはなして、ビディーに投げ返した。「さあ、もう一回！　今度はくらに結《むす》んで。くらがしらのところよ」

ビディーは結《むす》んだ。わたしって、どうして、こんなにのろくて不器用《ぶきよう》なんだろう。

ベラの横腹《よこばら》をおしたが、びくともしない。ぬかるみのような砂地《すなち》では、足がかりがなくて、力が入らない。「ブルー、さあ、引っぱって！」

ブルーは、もう一度ひづめを砂《すな》に食いこませ、力いっぱい引っぱった。ブルーがうめき声を上げ、ベラがわずかに動いた。しかし、その直後、ブルーは、また前につんのめった。今度は、くら全体がはずれて、ロープに引きずられている。ベラの体はそのままだ。

「ビディー、残念《ざんねん》だけど、もう、ベラを置《お》いていくしかないわ」

「母さん、本気なの？」ビディーは、やっとのことで流砂《りゅうさ》からはって出ると、くらぶくろにロープをしまっている母さんのところへ行った。「ベラを置《お》いていくなんて！　潮《しお》が満ちてきたら、おぼれちゃう！」ビディーは、泣《な》きながらさけんだ。「わたし、父さんをよんでくる。父さんなら、ベラを出せるわ」ビディーは、かけだした。

「だめよ！」母さんは、びしょぬれで砂《すな》まみれのビディーをだきとめた。「いうことを聞いて。父さんは引き返せないの。先頭にいて、牛たちを連《つ》れていかなくちゃならないから。それに、もし、ここに来たとしても、何もできないわ。もう、ロープを結《むす》ぶところがないのよ。首に結《むす》んだりしたら、ベラはちっそくしてしまう。しっぽは、砂《すな》の中にうまってるし。今は、牛を浜《はま》から連《つ》れ出《だ》さなくてはならないでしょ。そうしなければ、牛まで……」母さんの声がとぎれた。

「牛まで死ぬって、いおうとしたのね。置《お》いていったらベラはおぼれて死ぬ、と母さんは思ってるんでしょ。それでも、置《お》いていくっていうのね」ビディーは、母さんをにらんだ。「そんなこと、できない。わたしは、ここに残《のこ》る」

「ビディー、あなたは残《のこ》れないのよ」かわいた服をくらぶくろから引っぱり出しながら、母さんがいった。「これに着がえなさい。まだ十歳《さい》の女の子を、ひとりで置《お》いていくわけにはいかないの。さあ、手伝《てつだ》ってあげるから、ぬれたものを全部ぬいで。そうしたら、タフィーの話をしてあげる。あの話、あなたも知ってるでしょ。タフィーはおぼれなかった。ちゃんと家に帰ってきたのよ」

母さんは、ビディーの砂《すな》だらけのぬれた服をぬがせた。ビディーは、まるで人形のように、されるがままになっていた。寒さとショックでぼうぜんとして、だまったまま、ただ、ベラを見つめ、母さんの話を聞いている。

「タフィーは、父さんが今のあなたと同じくらいのとき、おじいちゃんが持ってた馬なの。うす茶色のがっしりしたとても大きな馬で、広い背中《せなか》をテーブルにして食事ができるほどだったって、おばあちゃんがよくいってたわ。わたしは見たことがないけど、父さんの話では、片方《かたほう》の目が青かったみたい。とてもおとなしくてやさしい馬だったから、ときどき、おもしろがって、父さんとおじいちゃんとおばあちゃんと三人いっしょにタフィーに乗ったりしたそうよ」

「相々乗《あいあいの》り」ビディーが、ぼそっといった。

「え？」

「相々乗《あいあいの》り。相乗りっていうでしょ、三人だから、相々乗《あいあいの》り」

「ああ、そうね」母さんは、ビディーが話を聞いているとわかって、ほっとした。少なくとも、話に興味《きょうみ》は持っているようだ。「それでね、ある日、おじいちゃんが、海岸ぞいに牛を連《つ》れて家に帰ろうとしていたの。父さんは、いっしょに行ってなかった。まだ小さかったから。仕事を手伝《てつだ》っていたスティーブ・ベッグという人が、タフィーに乗っていたんだけど、やっぱり、流砂《りゅうさ》にはまりこんでしまって、タフィーを残《のこ》していかなくてはならなかったの。ちょうど、わたしたちがベラを置《お》いていくように。スティーブは、荷馬に乗って帰ったの。あなたがブルーに乗って帰るようにね」母さんは、やさしく話を続《つづ》ける。「家に帰り着いたのは、夜、とてもおそかったそうよ。父さんとおばあちゃんは、タフィーが流砂《りゅうさ》にはまったと聞いて、気が動転してしまった。二人とも、その馬がとっても好《す》きだったから。台所のいすにすわりこんで、泣《な》いていたそうよ。砂浜《すなはま》にとり残《のこ》されたタフィーの周《まわ》りに少しずつ潮《しお》が満ちてくるなどということは、二人とも、口に出さなかった。でも、おじいちゃんは、二人に、希望《きぼう》をすてちゃだめだ、といったの。潮《しお》が満ちてくれば、タフィーをしめつけている砂《すな》がゆるんで、タフィーは自分の力でぬけ出し、きっと帰ってくるぞって。それを聞いて、二人は、少しなぐさめられたけれど、ねるときになっても悲しくて仕方がなかった。父さんは、タフィーが帰ってくるように、おいのりしたそうよ。そして、朝になると、ほんとにタフィーがいたの。庭の木戸のところに立ってた。タフィーは、流砂《りゅうさ》からぬけ出して、家まで二十キロ以上《いじょう》もあるのに、暗やみの中をひとりで帰って来たのよ。ベラも、きっと、だいじょうぶ」

母さんは、ビディーをぎゅっとだきしめた。それから、かわいたぼうしを出して、ビディーにかぶせた。

ビディーは、ブルーによじ上ってくらぶくろのあいだにすわったが、かわいそうで、ベラを見ることはできなかった。

「さ、行くのよ、ビディー。むれの先頭まで走っていって、ベラのことを、父さんに話しなさい」母さんは、声をつまらせた。「父さんのそばに、ずっといなさいね。わたしは、むれのいちばん後ろにつくから」

ビディーはベラからなるべく早くはなれる方がいい、と母さんは思った。砂《すな》に半分うまっているベラを残《のこ》していくのは、とてもつらいことだった。ベラは、今はもう、もがくのをやめて、ぐったりしている。目はどんよりして、息は苦しそうだ。タフィーの話はしたけれど、ベラは助かりそうもない、と母さんは思った。

ビディーは、バシャバシャと水をはね上げながら、波打ちぎわにそって、ブルーを走らせた。くらぶくろが、どすんどすんとゆれた。ベラは、ビディーが走り去るとき、力をふりしぼって、悲しそうにいないないた。ビディーはふり向いたが、なみだで目がかすんで、砂《すな》の上に灰色《はいいろ》のものがぼんやり見えただけだった。ビディーは、父さんがいるところに近づくと、たづなを引き、なみだをふいて、もう一度ふり返った。しかし、ベラのすがたは、きりにつつまれて、まったく見えなかった。ベラのいなないきも、だんだん弱くなり、くだける波の音と鳥のするどい鳴き声にかき消されて、聞こえなくなった。

十三　夜ふけの帰宅《きたく》

その夜、おじいちゃんは、みんなが帰ってくるのを、今か今かと待っていた。ビディーが帰ってきたら、いろいろなことを一気にしゃべりだすだろう。しかし、夜がふけるにつれて、何か悪いことが起きたにちがいない、と思い始めた。やっと、犬のほえる声が聞こえて、ビディーたちがもどってきたのがわかった。おじいちゃんは、ランプを持って外に出ると、ビディーを家の中に連《つ》れてきた。父さんと母さんは、馬と牛を家畜置《かちくお》き場《ば》に入れに行った。

ビディーは、思いつめたような顔つきをしていた。声を出して泣《な》いてはいなかったが、なみだが、たえずほおを伝《つた》っていた。おじいちゃんは、ビディーを毛布《もうふ》にくるんで、だんろの火の前にいっしょにすわった。ティガーがそっとビディーのひざの上に乗ってきたが、ビディーは、うるさそうにおしやってしまった。

おじいちゃんは、ビディーを片方《かたほう》の腕《うで》にだいて、やさしくゆすった。そして、もう一方の手で熱《あつ》いココアのカップを持って、ビディーに飲ませようとした。ビディーは、ベラのことを話した。だんろの火が、なみだにぬれた二人の顔を照《て》らしている。

「わたしのせいで、ベラが死んじゃう。わたしが悪いの。おじいちゃんが、流砂《りゅうさ》に注意しなさいっていったのに。きっと、ベラはおぼれ死んじゃうわ」

「まあ、まあ」おじいちゃんは、ビディーのかみをなでながらいった。「そんなに自分をせめることはない。流砂《りゅうさ》にはまるのは、ベラにかぎったことじゃない。たまには、あることだ。それに、ベラは帰ってくるかもしれん。母さんは、タフィーのことを話しただろ?」

ビディーはうなずいた。「ベラはすごくこわがってると思うわ。あそこまで牛を追いかけなければよかった。そうすれば、こんなことは起こらなかったのに。わたしが、もっと気をつけていたら……」

おじいちゃんは、ため息をついた。「すんでしまったことは、仕方ない。時計のはりはもどせないんだよ。わしにだって、もう一度やり直したいと思うことはたくさんあるさ。さあ、ベッドに入って、おやすみ。朝になって目が覚《さ》めたら、ベラは、きっと、帰ってるだろうよ」

ティガーが、ぴょんとベッドに飛び乗《の》ってきた。ビディーは、今度はそのままにしておいた。ティガーは、のどを鳴らして、毛布《もうふ》の中にもぐりこんできた。さっき母さんがおやすみなさいをいいに来たとき持ってきてくれた湯たんぽを、ビディーは、おなかに当てた。あたたかさが、体全体に広がった。でも、心の中までは、あたたかくならなかった。ベラがいなくなるなんて、いなくなるなんて……。

風が、また、東から吹《ふ》いている。木々《きぎ》のあいだで、うめき声を上げているようだ。浜辺《はまべ》でも、風は砂《すな》をはげしくたたいているだろう。ビディーは、冷《つめ》たい波が打ちよせるたびにもがいているベラのようすを思いうかべてしまったが、あわててそれをふりはらった。

部屋のゆかに、人のかげがうつった。父さんが入ってきて、ベッドのはしにすわった。「さあ、おやすみ」父さんは、ビディーのかみにやさしくキスした。「おまえは、ほんとによくやったよ。とても助かったよ。ビディー、自分をせめてはいけない。朝になったら、ベラは、ここに帰ってるよ。ちょっと待ってなさい。あれを持ってこよう。きっと、元気が出るよ」

父さんは、おじいちゃんの部屋からブロンズの馬を持ってもどってきて、ビディーの整理だんすの上に置いた。「さあ、これを見ながら、おやすみ。ベラも、この馬のように、走って海から出てくるよ」

ビディーは、ベッドに横になっていた。つかれはてていたが、少しもねむくなかった。体中が、石のようにこわばっている。台所から、話し声がとぎれとぎれに聞こえてくる。しずんで、おし殺《ころ》したような声だ。大きな牛八頭を無事《ぶじ》に連《つ》れ帰ってきて、とても高く売れそうだというのに、みんなのゆううつな気分は晴れないようだ。

「みんな、わたしにうそをついているんだわ」ビディーは、ティガーにいった。「ベラが帰ってくるなんて、ほんとは思ってないのよ」

そのとき、おじいちゃんが、自分の部屋の明かりをつけた。その光が、ろうかの向こうから、ブロンズの馬を照《て》らした。馬は、光の中を、浜辺《はまべ》に向かってかけてくる。

十四　砂《すな》の上の足あと

何かが、長いトンネルから、ビディーを引きずり出そうとしていた。ビディーは、とてもつかれていた。死ぬほどつかれていた。でも、何かが、目を覚《さ》ますようにと、しきりにいっている。そうだ、ベラ！　ビディーは、目を開《あ》けた。太陽はまだ出ていなかったが、周《まわ》りが見えるくらいには明るかった。

ビディーは、ティガーをゆかに放り出して、ベッドからはね起き、ろうかを走って、うら口からとび出した。ベラは、庭の木戸のところに……、いない。馬小屋かもしれない。それとも、家畜置《かちくお》き場《ば》かもしれない。ビディーは、はだしのまま、じゃり道を転びそうになりながら走った。こごえるほど冷《つめ》たい風も感じない。何度も何度もさけぶ。「ベラ！　ベーラー！」

ビディーは、馬小屋や糸杉《いとすぎ》の木の後ろをさがした。ニワトリ小屋も見てみた。去年、そこで、ベラがニワトリのえさを食べていたことがあった。あのとき、父さんは、ベラがたまごを産《う》むかもしれないよ、とじょうだんをいったっけ。ビディーは、白い毛がどろまみれになってつかれきって帰ってきたベラのすがたを思いうかべていたのに、ベラは、そこにもいなかった。ベラは、帰っていなかった。

ビディーは、じゃり道を歩いてもどった。今は、もう、だまってなみだを流すのではなく、絶望《ぜつぼう》して泣《な》きさけんでいた。うら口のドアをばたんとしめて、父さんたちの部屋にかけこんだ。「ベラは、帰ってないじゃないの！　どこにもいないわ！　わたしは、ベラといっしょにいなきゃいけなかったのよ」ビディーは、洋服だんすのとびらを足でけった。「父さんたち、ベラはぬけ出せないって、わかってたんでしょ。わたしを家に帰らせようとして、うそをついたのね。二人とも、大きらい。牛のことしか考えてないのよ！」

ビディーは、午前中ずっと、自分の部屋で、すすり泣《な》いたりわめいたりしていた。父さんと母さんが、家の中を動き回ったり、おじいちゃんと台所で話したりしている。でも、みんなは、ビディーをそっとしておいてくれた。

昼ごろになって、父さんが部屋に入ってきた。ビディーは、ベッドにねたまま、父さんを見上げた。ビディーの目は、赤くなって、はれ上がっている。「父さん、ごめんなさい。朝、あんなことをいったりして」

父さんは、ビディーの頭をなでながら、いった。「気にしなくていいよ、ビディー。いいかい、今は、潮《しお》が引いているだろう。父さんは、母さんといっしょに車であそこに行って、ようすを見てこようと思う。ベラが自分でぬけ出せたかもしれないからね。いっしょに来るかい？　来たくなければ、それでもいいんだよ」

「まだ望みがあると思う、父さん？」なみだでぬれたビディーの顔が、いっしゅん、かがやいた。

「いや、本当のことをいうと、そうは思ってない、今はね。でも、事実をたしかめたいんだ」父さんは、いつも、率直《そっちょく》に本当のことを話す人だった。「死んだベラを見ることになるんじゃないかと思ってる。だから、おまえは来たくなければそれでもいい、といったんだよ」

「行く、わたし、行くわ！」ビディーは、すぐに、着がえ始めた。どんなチャンスでも、ないよりはましだ。

小型《こがた》トラックは、浜辺《はまべ》をゆっくり走っている。ビディーは、いつもは荷台に立って貝がらをさがしたりする。しかし、今は、父さんが砂《すな》の上にオウムガイを見つけて車を止めてくれても、少しもうれしくなかった。何もかも、どうでもいいような気がした。これからずっと、こんな気持ちですごすことになるのかしら。

「もうすぐだよ」父さんが、ビディーのひざをたたきながらいった。「昨日《きのう》、あの大きな流木の少し向こうで、ビディーは、父さんに追いついたんだからね」これから何を見ることになるのだろう。ビディーは、こわかったが、目を大きく見開いていた。砂《すな》の中に半分うまって死んでいるベラが、心にうかんだ。それとも、波にもまれているだろうか。しかし、近くまで行っても、ベラはいなかった。ベラがいたことをしめすものも、何もなかった。

「ここよ、デイブ！」母さんがさけんだ。「見て、ベラがいたのは、ここなの。車を止めて、さがしましょう」

みんなは、砂《すな》の上に下りた。ビディーは、海をじっと見つめた。ベラは、おぼれて、波にさらわれたのかしら？

「ビディー！　ローナ！　こっちへおいで！」流木や海草が打ち上げられている辺《あた》りで、父さんがさけんだ。二人は、砂《すな》に足を取られながら、父さんのところへ走っていった。

「見てごらん、足あとだ！」

　ビディーは、長いあいだ、じっと砂《すな》の上の足あとを見つめていた。そのうち、やっと、わかってきた。ビディーは、大きく息をついた。ベラの足あとだ！　満潮《まんちょう》でも波の来ないかわいた砂地《すなち》に、ひづめのあとが続《つづ》いている。しかも、それとならんで、もう二組の足あとがあった！　人間の小さな足あとと犬の足あと。

「いったい、これは……」父さんがいった。

「母さん」ビディーがささやいた。「ベラは、ようせいに助けられたんだわ」

「たしかに、足あとだったのかい？　人間の足あとかい？」夕食のとき、また、おじいちゃ

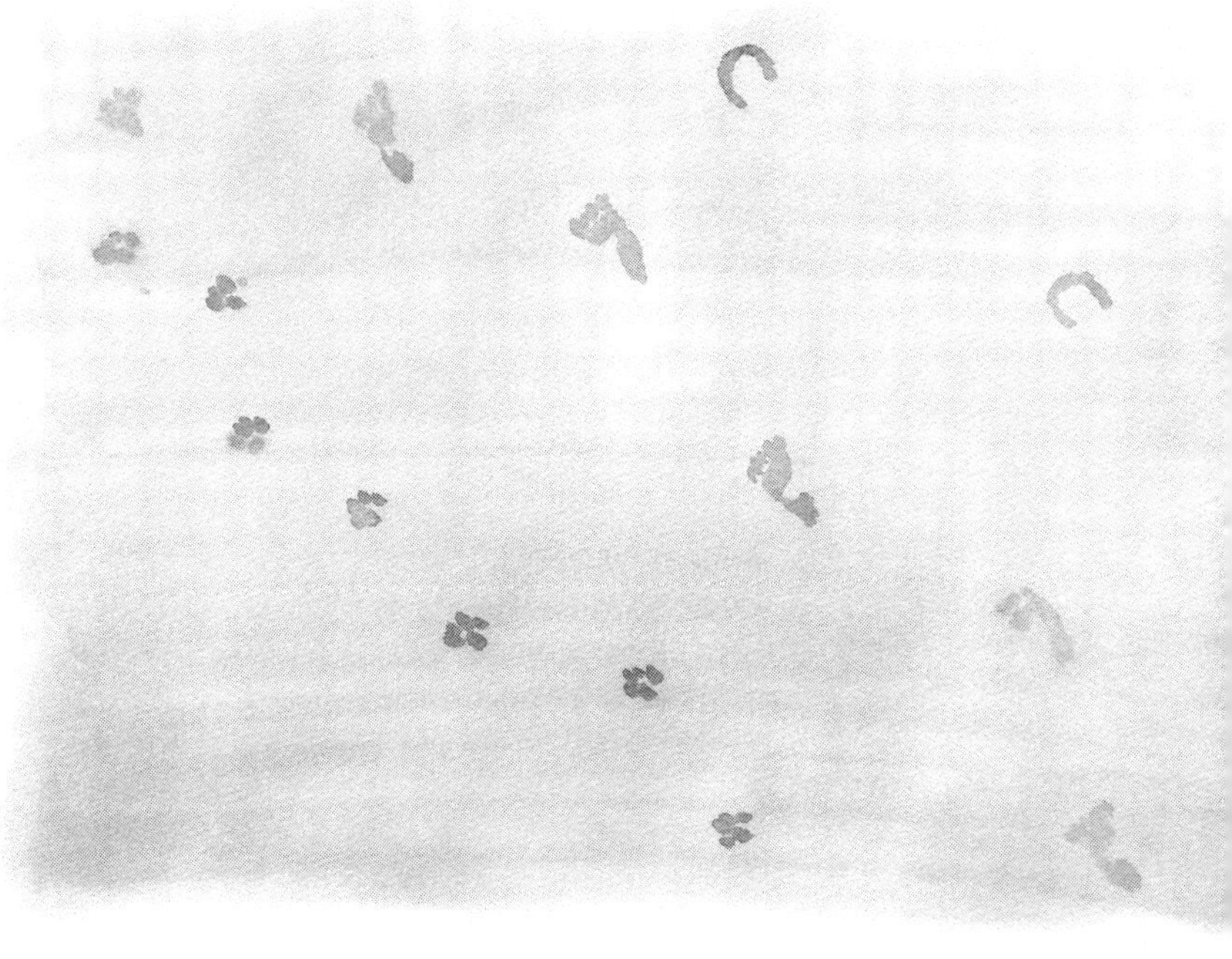

んがたずねた。「あんなところに、人はいないよ。ただ、森林保護官《ほごかん》が住んではいるけど、子どももはいないしなあ。ほかには、変人《へんじん》のダンじいさんだけだ。おまえ、ほんとに……」

「お父さん、ほんとに足あとを見たんですよ。三人とも、見たんです。足あとをたどりながら砂丘《さきゅう》を歩いていったら、岩場のところで足あとが消えていたんです」そういって、父さんは、岬《みさき》の地図をじっくり調べた。「ベラを見つけるのは、むずかしいでしょうね。小さな谷やペーパーバークの木が生えている沼地《ぬまち》がたくさんありますから」

「ベラといっしょだったのは、だれかしら？」母さんがつぶやいた。「あれは子どもの足あとだと思うけど、あんなところに子どもがいるはずはないし……」

ビディーは、浜辺《はまべ》で足あとを見つけてからずっと、ほとんど口をきかなかった。小型《こがた》トラックに乗って家に帰るとちゅう、父さんと母さんのあいだにすわって、ベラは生きている、ベラは生きている、と思い続《つづ》けていた。

「わたし、だれがベラを助けたか、わかるわ」だまって食事をしていたビディーが、とつぜん、顔を上げて、目をかがやかせながら、みんなをびっくりさせるようなことをいった。「あれは、きっと、ジョイシーの赤ちゃんよ。絶対《ぜったい》そうよ」

十五　ひとりぼっちのジョー

　ジョーは、母親のジョイシーとくらしたひみつの谷には、二度と帰らなかった。ジョイシーが死んで谷をはなれたあの日、気がつくと、ミドルスプリングに来ていた。そして、そのまましばらく、そこでくらした。ディンゴの子犬と遊び、湖で魚をとり、なんとか住める小屋を作った。足りないものがあると、貯蔵《ちょぞう》小屋に行った。ジョーは、何かが起きるのを期待《きたい》していた。しかし、森林保護官《ほごかん》のところや町に行って、「ぼく、ジョーです」というわけにはいかなかった。そんなことをして、もしジョイシーがいっていたことが本当だったら、どうなるだろう。とてもきけんなことだ。

　ジョイシーがいなくてさびしいと思うのは、夜だった。ぼくたちがいなくなってから、あの谷はどうなっているだろう。小鳥たちは、えさをもらえなくなって、こまっているだろう。ぼくが柵《さく》を直さないから、フダンソウは全部、ウサギに食べられてしまったにちがいない。ジョーは、月を見上げた。今ごろ、谷はとても静《しず》かだろう。ジョイシーとジョーは、いつも、外でねそべって、フクロモモンガが月を横切って飛《ふ》ぶのを見ていたものだ。フクロモモンガは、きっと、今夜も飛《と》んでいることだろう。

子犬がいなかったら、ジョーは、さびしくて死んでしまったかもしれない。子犬には、ファントムの犬と同じデビルという名前をつけた。デビルは、美しい金色で、のどのところは色が少しうすく、やせっぽちで、いたずら好《ず》きだった。少しずつ、かりの仕方もわかってきていた。落ち葉を前足でたたいて、トカゲがとび出すと、背《せ》の高い夏草の中を夢中《むちゅう》で追いかける。夜はジョーのそばで丸くなってねむり、ときどき、ひげでジョーの顔をそっとこすって起こすこともあった。デビルは、つかまえたえものは全部、ジョーと分けるために持って帰ってくる。ジョーは、ずたずたになったトカゲをもらっても、うれしくなかった。デビルは、もちろんジョーも食べものを分けてくれると、思っているようだった。どんなに小さなものでも、ジョーが分けてくれないと、ちょっと首をかしげて、「何かわすれていませんか？ぼくの分は？」とでもいうように、ジョーを見る。デビルは、ほえたりクンクン鳴いたりはしなかったが、目や顔の表情《ひょうじょう》で、自分の思っていることを、正しくジョーに伝《つた》えた。

デビルの好《す》きな遊びの一つは、こっそりしのびよって何か小さなものをぬすみ、ジョーがつかまえようとすると、くるったように走り回ることだった。ある夜など、火をたいてうとうとしていたジョーがふと気がつくと、デビルが、ジョーのはいていたくつをくわえて、火の向《む》こう側《がわ》から、得意《とくい》そうにこちらを見ていた。デビルは、ほっそりしていて、本当にかしこくてゆかいな犬だった。

その夏のうちに、ジョーは、レッドブラフとよばれるがけに囲《かこ》まれた入江《いりえ》にうつった。そこなら、魚やカキをとりやすいし、夜でもあたたかくて、小屋がなくてもねむれる。夕方になると、ペリカンのむれが海から飛《と》んできた。まるで、夕焼《ゆうや》けの空にうかぶたくさんの船が近づいてくるようだった。ペリカンが着水するようすはとてもおもしろくて、ジョーは、いつも、思わず笑《わら》ってしまった。水かきのある足を広げて、水しぶきを上げ、それから、ゆっくりと止まるのだった。

だんだん寒くなり、日が短くなってきた。ジョーとデビルは、ペーパーバークの森の中を歩きながら、新しく住むところをさがした。岬《みさき》のこの辺《あた》りは、だれも来たことのない場所だ。木々《きぎ》がおいしげって、漁師《りょうし》が使い古した網《あみ》のようにもつれあっている。その中に、ウォンバットやワラビーが通る曲がりくねったトンネルのような道ができていた。そこを通るには、ジョーは、体を折《お》り曲げるようにして進まなければならなかった。牛も馬も、牛のむれを追う人たちも、ここには来たことがない。湿地《しっち》のおくの方に、とてもいい場所が見つかった。ジョイシーの谷によくにている。少し高くなっているので、北からの日の光をいっぱいに受ける。周《まわ》りは一面、ジョーの頭がかくれるほどのソードグラスのしげみだ。しげみの下は、何十年分ものかれたソードグラスがジョーの背《せ》たけほどに積《つ》み重《かさ》なって層《そう》になっている。そこをよじ登って、その上に新しく生えたソードグラスのしげみをかき分けて進むのは、大変《たいへん》だった。刀のようにするどい葉で、服はやぶれ、手はきずだらけになった。それに、ここには、ヘビがたくさんいる。たぶん、毒《どく》ヘビのタイガースネークだ。ジョーは、タイガースネークを、岬《みさき》でいちばんおそれていた。

ジョーは、そこに、すばらしい自分の家を作った。大きな花崗岩《かこうがん》が、そのまま、両側《りょうがわ》のかべになった。一方の岩を伝《つた》って水がしたたり落ちていて、下に天然《てんねん》の水ばちができている。ジョイシーがいたら、家の中に水が流れているなんてすてき、といったにちがいない。岩と岩のあいだにペーパーバークの太い枝《えだ》をつめこみ、そのすきまにソードグラスや細い枝《えだ》を差《さ》しこむ。そこに、沼地《ぬまち》のどろを木の皮にのせて運んできて、手ですくってはつめていった。どろがかわくと、家の中では、外の風の音がまったく聞こえなくなった。かべの上に枝《えだ》をわたし、その上にソードグラスや木の皮をむすびつけて、屋根にした。雨もりをふせぐために、屋根を少しかたむけて、雨が流れ落ちるようにした。戸口には、ドア代わりに、ふくろをぶら下げた。風で動かないように、ふくろの底《そこ》に石を入れた。これで、でき上がりだ。こうして、ジョーは、自分の家を作り上げた。

家の中は、ベッドとテーブルと、やがて来る冬のための小さなストーブがやっと入る広さだ。ジョーは、海岸に打ち上げられた灯油《とうゆ》かんを拾ってきて、その一部を切りぬき、ストーブにした。このストーブで小枝《こえだ》をもやすと、とてもあたたかくなったが、けむりで息がつまりそうだった。そこで、ジョーは、森林保護官《ほごかん》の貯蔵《ちょぞう》小屋に行ったとき、小屋のうらから古い雨どいを取ってきて、曲がったえんとつを作り、けむりを外に出すようにした。

ベッドは、地面の岩の上にペーパーバークの太い枝《えだ》をならべ、その上に小枝《こえだ》や草をのせて作った。ジョーがまだ小さかったときにジョイシーがウサギの毛皮をつなぎ合わせて作ったしきものを、二つにたたんで置《お》いた。夜、ベッドにもぐりこむと、天国にいる気分だった。まだ、ジョイシーのにおいがした。家ができ上がると、草をかったりもやしたりして、何日もかけて道を作った。これで、ソードグラスをかき分けて登らなくてもよくなった。

デビルは、いつでも、ジョーのそばにいた。遠くでディンゴがほえている夜もあったが、デビルは、家の周《まわ》りを歩き回るだけで、ほえ返すようなことは決してしなかった。かりも上手になった。えものをそっと追っていくのではなく、いつも見はっていて、何かを見つけると、ぱっととびかかる。ジョーは、そのすばやい動作《どうさ》を見るのが好《す》きだった。ウサギやワラビーがにげてしまうと、デビルは、飛《と》び上《あ》がって、にげたえものを見つけようとする。空中に飛《と》び上《あ》がってあちこち見回すようすは、本当におもしろかった。つかまえたえものは、しっかりくわえて家に持ち帰り、ささげもののようにジョーに差《さ》し出《だ》した。おかげで、ほとんど毎日、肉を焼《や》いて食べることができた。

しかし、外の世界を知りたいと思うジョーの気持ちは、日ごとに強くなっていった。ぼろぼろになった本やコミックを、何度も何度も読んだ。人間は悪いものだといい続《つづ》けていたジョイシーがいなくなると、こわいと思うより知りたいと思う気持ちの方が強くなった。ジョーは、用心はしていたが、もう人間をこわがってはいなかった。ジョイシーが兄のミックと父親はとてもいい人だといっていたので、ジョーは、きっと自分もかわいがってもらえるだろうと思った。

森林保護官《ほごかん》をたよるつもりはなかった。ジョイシーとジョーは、保護官《ほごかん》をこっそり見ていて、そのようすをいつも笑《わら》っていたからだ。ジョーがたよろうと思ったのは、牛を追ってきたり集めに来たりする人たちだ。秋になってその人たちが牛を連《つ》れて岬《みさき》にやって来ると、ずっと後をついて回った。夜になると、みんなの会話を聞いたり、草を食べている美しい馬をやさしくなでたりした。そして、たき火に近づいていく自分のすがたを想像《そうぞう》した。

ジョーは、その人たちの犬と友達《ともだち》になったが、デビルは、人間がいるあいだは、すがたを消してしまう。ジョーは、勇気《ゆうき》を出してあの人たちに話しかけることはできてもデビルをおいていくことはできない、と思った。

ジョーは、防水《ぼうすい》コートをぬすんだ。そんなことをしてはだめ、というジョイシーの声が聞こえたが、どうしても必要《ひつよう》だった。冬がそこまでやって来ているのに、夏の服しか持っていない。それに、ローナという女の人が「これはビディーのコートだけど、予備《よび》に持ってきたの」といっていた。ジョーは、ビディーという名前を聞いたことがあった。ジョイシーがビディーという人の話をして、ビディーがかくれていたほらあなを見せてくれたことがあったからだ。でも、あれは、ずっと昔の話だ。コートの持ち主は、きっと、ちがうビディーだろう。

十六　馬に乗った女の子

冬は、いつになっても終わらないように思えた。来る日も来る日も寒くて、日の光はとても弱々《よわよわ》しく、少しもあたたかくならない。雨もよくふった。ジョーは、ずっと防水《ぼうすい》コートを着たままだった。夜はいつまでも明けないように思えて、ようやく朝になっても、起き上がる気にならないことが多かった。何もかもが大変《たいへん》だった。かりも、料理《りょうり》も、せんたくも、みんな大変《たいへん》だった。貯蔵《ちょぞう》小屋に行くのも、ジョイシーといっしょのときはわくわくするぼうけんだったが、今は、必要《ひつよう》にせまられてしていることだ。ジョーは、ときどき、どこにも行かないで自分の家のあたたかいストーブのそばにいられたらいいのに、と思った。

春になって、初《はじ》めてあたたかくなった日、ジョーは海岸まで歩いていった。ひと泳ぎして、冬のあいだの重苦しい気持ちをふりはらいたかった。ジョイシーのいるころは、よくここで楽しい時間を過《す》ごしたものだ。パープルフラッグの花が咲いている。もしかしたら、今日はぼくのたんじょう日だ。でも、そんなことは、どうでもいい。デビルは〈ハッピーバースデー〉を歌えないし、ジョイシーのように、おいしい料理《りょうり》も作れない。ジョーは、のろのろと砂丘《さきゅう》の上まで登って、海岸を見わたした。

砂《すな》の上に馬の足あとがある！　四頭の足あとだ！

ジョーは、海岸を見下ろして、きりの中に何か見えないか、必死《ひっし》になってさがした。何も見えない。今朝早く、通ったにちがいない。

「ほら、デビル！　あの人たちが、また来たんだ！」ジョーは、とたんに元気が出た。「おいで、追いかけよう」馬が行った方へ走りだした。海草の上を走る。こうすれば足あとが残《のこ》らないと、ジョイシーにいつもいわれていた。デビルは、ほんの数歩追いかけてきたが、すぐにもどってしまって、砂丘《さきゅう》の上でほえている。ジョーは立ち止まった。「おまえが行きたくなくても、ぼくは行くよ」と、半分ひとり言のようにつぶやく。「家で待っててくれよ」浜辺《はまべ》を走りながら、思わず笑《わら》った。デビルときたら、まるでジョイシーみたいだ。ぼくがジョイシーのいやがることをすると、いつもあんなふうだった。

ジョーは、バンクシアの木に登って、しげった葉のあいだから、開《ひら》けた場所のあちこちにいる牛を見ていた。

「塩《しお》よー！　塩《しお》よー！」とつぜん、ジョーの真下で、声がした。あやうく木から落ちそうになった。「集まれー！　塩《しお》よー！　塩《しお》よー！」思わず耳をふさぎたくなるような大声だった。何か月もひとりぼっちですごした後では、ひどく大きな声に思われた。牛たちは、声の方へ集まってきた。やがて、馬に乗った人間が目に入った。まだ子どもだ！　女の子だ。ぼくより少し大きい。でも、それほどちがわない。馬も小型《こがた》で、ぼくが乗るのにぴったりだ。かがやくような長いたてがみを持つ美しい白い馬。ファントムの馬、ヒー

ローにそっくりだ。

女の子は、声をかけながら、馬の上から手をのばして、地面に小さな塩《しお》の山を作っていく。ぼうしの下から、金色のおさげが見える。馬のたてがみより、もっときらきらかがやいている。ジョーは、自分のかみの毛にさわってみた。のびて、もじゃもじゃになっている。あまりいいにおいではない。ジョイシーは、こんなにきたないジョーを見たら、さぞ、きげんが悪くなるだろう。

牛は、木のそばをはなれて、塩《しお》をなめに行った。ジョーは、木をすべり下りてしげみの中に入りこんだ。マヌカの木やソードグラスの中をなんとかぬけて、荷馬のそばまでたどり着いた。

「やあ、元気にしてたかい」ジョーがその年取った馬の首に頭をもたせかけると、ブルーは、ジョーだとわかって、うれしそうにいなないた。ジョーは、馬にさわるのが好《す》きだった。馬は、大きくてあたたかく、おとなしいし、いいにおいがする。ジョーは、荷ぐらに積《つ》んである荷物の中をさぐった。麦、ロープ、なべ。ちがう、ぼくのさがしているものじゃない。別《べつ》の荷物をさぐった。あった！ジョーの手は、小さくて平らなものをつかんだ。チョコレートだ！

ジョーは、夕方までずっと、ブルーのそばでチョコレートをなめながら、女の子を見てすごした。女の子と小さな馬を見ているのは楽しかった。しげみから出ていって話しかけられたらいいな、と思った。

ローナが、牛のむれを追って、開《ひら》けた場所にやって来た。ジョーは、どきんとした。ローナはジョーがいることに気づいていないが、ジョーは、ローナのすがたを見て、うれしかった。ジョーは、二人の会話に耳をすました。そうか、これがビディーなんだ！　ローナは、ビディーのお母さんなんだ。二人がブルーのことを話し始めて、牛たちは何におびえているのかしら、といっているのを聞いたときには、くすくす笑《わら》ってしまった。もう少しで吹《ふ》き出《だ》しそうになるのを、やっとがまんした。

ジョーは、囲《かこ》い場《ば》の方へ行く牛たちの後をつけて、林の中を音もなくそっと歩いていった。牛のむれは、静《しず》かに進んでいく。トップとナゲットが、ジョーのそばにやってきて、しっぽをふったり、ジョーの手をなめたりした。二匹《ひき》の犬は、ずっと前からジョーの友達《ともだち》だ。口ぶえが聞こえて、トップとナゲットは走っていった。犬のほえる声や、人のさけび声が聞こえる。「牛をこっちに追い上げろ！　よし、それでいい！　さあ、こっちに来い」

ジョーは、先回りして、小高い岩場に登った。そこからは、囲《かこ》い場《ば》が見わたせる。馬に乗った人たちや牛が、ジョーのすぐ下を通っていく。

「トップとナゲット、ちょっと変《へん》よ。そう思わない、ビディー？　何かこそこそしてるわね」ローナが、手をのばして、ビディーの背中《せなか》を軽くたたいた。「ここに来るまで、あの二匹《ひき》は、ときどきすがたをくらましたわ。たぶん……」

ビディーは、返事をしない。きっと、つかれてへとへとなんだ。ジョーには、よくわかる。ジョイシーに一日がかりのかりに連《つ》れ出《だ》されると、夕方にはぐったりして、口もききたくなかった。母親というのは、子どもがどんなにつかれているか、わかってくれないことがある。

十七　ジョーの決心

ジョーは、ブルーにもたれかかっていた。ブルーの体のあたたかさが伝《つた》わってくる。ジョーは、暗やみの中から、たき火を見つめた。ビディーは、ねぶくろに入って、ぐっすりねむっている。ビディーの両親は、たき火の前にすわっている。ほのおが、二人の顔を照《て》らしている。

「ぼく、思いきってやってみよう。あの人たちのところへ行って、話すんだ」ジョーは思った。あの家族がこのまま帰ってしまうかもしれないと考えるだけで、ジョーは泣《な》きたくなった。一人で岬《みさき》に残《のこ》るのは、いやだ。ひとりぼっちは、もう、たくさんだ。町にもどるのはおそろしいことかもしれないが、ひとりぼっちになるよりましだ。ジョーは、いろいろなことを思いながら、馬のたてがみをなでたりあんだりした。おしゃれなあみ方は、ジョイシーから何通りも教えてもらっていた。

ジョーは、デビルのこと、家のことを思った。今、もしビディーの両親のところに行って話をすれば、二人は、ぼくを家に帰してはくれないだろう。でも、帰らなければならない。持ちものは全部、あの家に置《お》いてある。コミック、本、それに青と銀色のもようのかんも……。今すぐ帰れば、明日の朝までにはここにもどってこられる。それから、あの家族に話をすればいい。だけど、何ていおうか？「ぼくはジョーです」って？　たぶん、何もいえないで、ただ立っているだけにちがいない。

ジョーは、ブルーのくらが置《お》いてあるところまで、はっていった。そして、食料《しょくりょう》の入ったふくろの中を、手でさぐった。ベーコンの包《つつ》みにさわる。あれだ！　前に、貯蔵《ちょぞう》小屋から取ってきて食べたことがある。そうだ、家に帰って、これでデビルとさよならの食事をしてから、荷物を持って、朝までにここにもどるんだ。

ジョーが家の近くまでたどり着いたとき、月が山の向こうにかくれた。月が出ているあいだに帰れて、運がよかった。ここまで歩くのはとても大変《たいへん》だったが、もし真っ暗だったら、もっともっと大変《たいへん》だったにちがいない。ジョーは、つかれはてて、暗がりの中をまるでゾンビのようにふらふらと歩いていた。そのとき、黒いかげが一つ、家の方からジョーをめがけて走ってきた。

「デビル、よしよし」ジョーは、しゃがんで犬をだきよせた。デビルは、鼻をクンクンさせると、ちょっと後ずさりした。そして、のどのおくから低《ひく》いうなり声を出した。「おいおい、やめろよ。犬は連《つ》れてきてない。においがするだけだよ」

ジョーは、デビルの両耳を引っぱり、首の回りをなでた。たいてい、こうしてじゃれ合いが始まるのだが、今夜はちがう。いつもなら、デビルは耳をぴんと立てて、「追いかけてきて！」とでもいうように走り出す。しかし、今夜は、家に入って、ため息をつきながら足の上にあごをのせ、ねそべってしまった。

「わかってるんだね、ぼくが行ってしまうって」ジョーは、そこにすわりこんで、デビルのごわごわした黄色い毛をなで回しながらいった。「おまえは、頭がいい。何が起きるか、いつもわかるんだよね。でも、ぼくは、行かなくちゃならない。おまえはこの岬《みさき》で生きていけるけど、ぼくはだめだ。人間といっしょにいなければならないんだ」ジョーは、声をつまらせ、顔をデビルの首におしつけて、なみだをデビルの毛でふいた。「デビル、おまえをここに置《お》いていきたくない」

ジョーが外で火を起こしてベーコンを焼《や》いているあいだ、デビルは、じっとジョーを見つめていた。ジョーが出たり入ったりして持ちものをまとめているときも、ジョーを目で追っていた。ジョーは、とてもつかれていたので頭が働《はたら》かず、何を持ち出して何を置《お》いていくか、なかなか決められなかった。ベーコンを食べ終わったら、すぐにもここを出なければならない。あの囲《かこ》い場《ば》までもう一度歩いていくことを考えると、思わずうめき声が出る。遠い道のりだ。しかも、真っ暗な夜だ。ベーコンの焼《や》けるいいにおいがしてきた。ジョーは、なべから一切れつまみ出して食べた。指と口の中がやけどしそうだったが、おなかがへっていて、気にもならなかった。

「うーん、うまい」ジョーは、デビルにも一切れ、投げてやった。「ほら、おまえの分だよ」デビルは、ジュージュー音を立てているベーコンをばかにしたように見ている。それは、まるで「うらぎり者！　世界にこれしか食べものがなくても、ぼくは食べないぞ！」といっているようだった。

ジョーは、岩かべによりかかり、デビルを引きよせた。たき火の火があたたかい。少し休んでいこう。ちょっと目をつぶるだけだ。それから、出発しよう。

ジョーは、すぐねむりこんでしまった。デビルは、腹《はら》ばいになって、そっとベーコンを拾い上げ、ゆっくりと食べた。鼻の頭についたあぶらまできれいになめると、火の前で、うずくまってねた。

十八　がんばれ、ベラ

ジョーは、ねむい目をむりやり開《あ》けた。ここはどこだ？　あたたかいベッドの中じゃなくて、どうして家の外にいるんだ？　夜は明けていた。体がこわばって、あちこちがいたむ。しまった！　朝日が谷に差《さ》しこんで、林の中をミソサザイが鳴きながら飛《と》びかっている。とつぜん、ジョーは思い出した。今ごろは、囲《かこ》い場《ば》に着いていなければならないんだ。もう間に合わない。あの家族は、牛を連《つ》れて、浜《はま》辺《べ》に向かっているはずだ。ぼくがいることなど、まったく知らないまま、帰ってしまうだろう。

ジョーは、昨日《きのう》の夜用意したかばんをつかんだ。走っていけば、追いつくかもしれない。ローナが、出発する前に残《のこ》りの牛を集めなければ、といっていた。「いっしょに来い！　さあ、早く」ジョーは、デビルによびかけた。「とちゅうまで、ぼくといっしょに来てくれよ」

ジョーは、谷間のやわらかなコケの上を、音も立てずに走った。デビルも、ジョーの後ろを、はねるように走っていく。

何時間も走った。すべって、転んで、立ち上がって、また走る。ソードグラスのしげみをかき分け、沼地《ぬまち》を通りぬけ、マヌカの木のトンネルの中を走った。足を一歩一歩前に出し続《つづ》ければ進むことができるんだ、と自分にいい聞かせて走った。ウィンディリッジの大岩を登りきると、西の方に海が広がってきらめいていた。空は晴れわたり、すばらしい天気だ。きっと、あの一家は、早起きしたことだろう。

ジョーは、岩から岩へと飛《と》びながら、ウィンディリッジの尾根《おね》を東に向かって急いだ。囲《かこ》い場《ば》が見下ろせる岩のはり出したところまで来ると、立ち止まって、何か動いていないか、生きものの気配がないか、さがした。そこからは、岩のかげになって、浜辺《はまべ》は見えない。あの一家は、もう浜辺《はまべ》に着いているかもしれない。それとも、まだ牛を集めているだろうか。ジョーは、太陽を見上げた。太陽は、ほとんど頭の真上にある。とにかく、昨日《きのう》の夜あの人たちがたき火をしていたところまで、下りていこう。

ジョーは、よろめきながら下り始めた。すぐに、デビルがついてこないことに気づいた。「デビル！　おいで！」ジョーは持っていたかばんをどすんと下ろすと、デビルの方に手をのばした。デビルが、ジョーの胸《むね》に飛《と》びこんできた。「おまえのこと、わすれないよ、デビル」ジョーは、デビルの黄色い毛の中に顔をうずめて、ちょっとのあいだ、デビルを強くだきしめた。「ぼくは、ここにいられないんだ。あの家族が行ってしまうんだよ」デビルは鼻をクンクンさせたが、ジョーは、デビルをおしのけると、岩山を下りていった。なみだで目がよく見えない。転んだり、すべり落ちたりしながら、はうようにして下りた。

やっと着いてみると、もう、みんな、出発してしまっていた。何一つ、残《のこ》っていない。たき火もすっかり消してある。牛のにおいが、かすかにするだけだ。ジョーは、囲《かこ》い場《ば》の柵《さく》にもたれて、牛の足あとをながめた。たくさんの足あとが、川の方まで続《つづ》いている。ジョーは、つかれはてて、ただ、ぼんやりそこに立っていた。まったくのひとりぼっちだ。とてもさびしい。ここにいることはできない。ジョーは、もう一度足あとをながめると、やっとの思いでかばんを持ち上げ、重い足取りで歩きだした。みんなの後を追うのだ。きっと追いつける。

浜辺《はまべ》には、牛の足あとがたくさんついていた。白い平らな砂浜《すなはま》が、かき回されて、黒っぽくなっている。まるで何か大変《たいへん》なことが起こったみたいだ。たしかに、ぼくには、大変《たいへん》なことが起こった。大事なチャンスをのがしたのだ。あの人たちは、もう行ってしまった。こんにちは、もいえなかった。遠くの方まで見わたしても、かげも形もない。牛の足あとは、きりの中に消えていた。ジョーは歩き続《つづ》けた。いつかは追いつくはずだ。あの家族の家まで行ってしまうかもしれないけれども、いつかは追いつく。

砂《すな》の上に何かが落ちていた。拾ってみると、ビディーの毛糸のぼうしだった。ジョーは、そのぼうしをかぶって、思わずにっこりした。「やあ、こんにちは。ぼくはジョー。このぼうし、浜辺《はまべ》で拾ったけど、きみのだろ?」こんなこと、いったい、ぼくはどこでいうんだろう。

ジョーは、頭がもうろうとしたまま、ひたすら歩いた。ときどき、かばんをもう一方の肩《かた》にかけ直す。空はよく晴れていた。風は、冷《つめ》たいが、追い風で、ジョーの背中《せなか》をおしてくれる。ペリカンが、一列になって波の上をすべるように飛《と》んだり、せんかいしたりしている。あのペリカンたちは、夏にミドルスプリングの入江《いりえ》で見たペリカンだろうか。沖《おき》の方へ飛《と》んでいく。ジョーは、それを目で追った。あれっ、あれは何だ？　海草のかたまりか流木のように見える。半分砂《すな》にうまっている。目をこらしてよく見ると、動いているようだ。

たしかに、動いた！

浜辺《はまべ》に打ち上げられたクジラだろうか。もしかしたら、かいじゅうか、化けものかもしれない。なんだか変《へん》なものだ。ちょっと馬のようにも見える。

何だろう？　ジョーはかけだした。ときどき立ち止まっては、よく見る。

馬だ。あれは、ベラだ！

ベラは、流砂《りゅうさ》から弱々《よわよわ》しく頭を持ち上げて、ジョーに向かっていなないた。

ジョーは、かわいた砂地《すなち》にかばんを置《お》くと、ぬれた砂《すな》の中を、足を取られながらベラに向かって必死《ひっし》に進んでいった。

「ベラ！　どうしたんだ？」　ベラはぐったりしている。

ジョーは、すわりこんで、ベラの頭をひざにのせ、目から砂《すな》をはらってやりながら、ベラをやさしくなでた。「どうして、おまえは置《お》いてきぼりにされたんだ？」

ビディーかだれかが、けがをしたのだろうか。きっと、何か理由があるにちがいない。こんなふうに、動けない馬をそのまま置《お》いていってしまう人など、いるはずがない。ジョーは、浜辺《はまべ》を見回した。今は、ちょうど、引《ひ》き潮《しお》だ。でも、もうすぐ、満《み》ち潮《しお》になる。早く助け出さないと、ベラはおぼれてしまう。ジョーは、両手で砂《すな》をすくい上げた。たちまち、すくった砂《すな》よりもたくさんの砂《すな》が流れこむ。

「どうすればいいんだ」ジョーは、ベラの首に顔をよせた。「こんな大変《たいへん》なことばかり起こるなんて。ジョイシーなら、どうするだろう」

ジョーは、ジョイシーの貝がらのネックレスのことを思い出した。「どうすれば、こんなにたくさんの貝がらに糸を通せるの？」ジョーがたずねると、ジョイシーは、「きっと、少しずつ、少しずつ、やったのよ」と、ほほえみながら答えたのだ。ジョーは、ベラを軽くたたきながら、耳もとでささやいた。「絶対《ぜったい》、砂《すな》の中から出してあげるよ、ベラ。ぼくは、一日中だって、ほり続《つづ》けるよ」

いったい、どのくらいほっていただろうか。ジョーは、ベラの横に腹《はら》ばいになり、手で砂《すな》をすくいとっては、かわいた砂地《すなち》の方に投げた。最初《さいしょ》は、右手でほった。右手がいたくなると、左手でほった。左手がいたくなると、また、右手にもどった。しかし、少しもはかどっているようには思えない。ほっても、ほっても、ほったあ

なには、たちまち、砂《すな》が流れこむ。それでも、少しはよくなったはずだと自分にい
い聞かせて、ジョーは、ベラの首によりかかり、午後の日差《ひざ》しの中で少し休んだ。
潮《しお》が満《み》ち始め、波がひたひたとおしよせていたが、ジョーは気づかないまま、ベラ
の横でねむってしまった。

顔に何かがさわった。いつものあの感じだ。デビルのひげ！　ジョーは、目を開《あ》
けた。デビルだ！　さかんにしっぽをふりながら、ジョーに何かいいたそうな顔を
している。ジョーがいつも〈キツネ顔〉といっているあの顔だ。デビルがこういう
顔をするのは、自分がとても利口《りこう》だと思っているときだった。

「デビル！　ついてきてくれたんだね！　ぼく、うれしいよ」ジョーは、後ろをふり
返っておどろいた。波が、すぐそこまで来ていた。「さあ、デビル、手伝《てつだ》ってくれ！」
ジョーは、ひざをついて、犬のように砂《すな》をほっては後ろに飛《と》ばした。「デビル、お
まえもやってくれ」

デビルは、首をかしげ、きょとんとしてジョーを見た。

「さあ、おまえもほるんだ！　見てちゃだめだ、このばか犬！」

デビルの目が光った。自分がばかにされたとわかったのだ。デビルは、ジョーの

横に来て、ほり始めた。

最初《さいしょ》の大波が、何の前ぶれもなくおしよせてきた。ジョーは、ほるのにいっしょうけんめいで、大波がよせてくるのに気づかなかった。水のあまりの冷《つめ》たさに、ジョーはおどろいた。デビルは後ろにとびのき、ベラはおびえて鼻を鳴らした。波が引いたとき、ジョーは、絶望的《ぜつぼうてき》な気持ちになった。「これじゃあ、前と同じだ。

あんなにほったのに、ベラはうまったままだ。ぼくが見つけたときとまったく同じだ」ジョーは、はうようにしてベラに近づき、頭をだきかかえて、泣《な》きながらいった。「ごめんね、ベラ、ごめんね」
大波がもう一度おしよせてきたとき、ジョーは、ベラの頭を持ち上げて、顔が水につからないようにした。ベラがおぼれてしまう！

こんなことになるなんて！　デビルは、水の来ないところまで行って、クンクン鳴きながら、ジョーが来るのを待っている。「ベラを置《お》いてきぼりにはできないよ！」

ジョーは、デビルにさけんだ。「このままじゃ、ベラがおぼれちゃう！」

おおいかぶさるように、波がおしよせてきた。目にも口にも、海水が入ってくる。ジョーは、せきこみ、むせながら、たてがみをしっかりつかんで、ベラの顔をできるだけ高く持ち上げた。目と鼻先だけが、水面から出ている。たてがみを力いっぱい引っぱる。

「あれっ？」

ベラが動いた！　もう一度、引っぱる。今度は、たしかに、ベラの体が少し持ち上がった。潮《しお》が満ちてきて、流砂《りゅうさ》がゆるんだのだ。ベラはぬけ出せる。

「さあ、ベラ、がんばれ！　足を動かすんだ！」

ジョーは、ベラの銀色のたてがみを引っぱり続《つづ》けた。波は、だんだん大きくなって、よせてくるたびに、ジョーをおしたおす。しかし、ベラの体は、しだいに持ち上がり、流砂《りゅうさ》をぬけ出してうかんできた。ベラが弱々《よわよわ》しく足を動かしている感じが、ジョーの手に伝《つた》わってくる。砂《すな》にしめつけられてこわばっていたベラの足に力がもどり、とつぜん、ベラは自由になった。

ジョーは、まだ、ベラのたてがみをつかんでいる。もう、決して、おまえをはなさないよ。ジョーは、ベラを引っぱって、追ってくる波から必死《ひっし》でにげた。デビルがくるったようにキャンキャン鳴きながら行ったり来たりしているのが見える。ベラは、よろよろと歩く。「ベラ、さあ、もう少しだ。歩くんだ」ジョーは、ベラを連《つ》れて、砂丘《さきゅう》の方へ向かった。浜辺《はまべ》からはなれて、風のないところに行こう。ジョーは、デビルのことなど、今はほとんど頭になかった。ただ、ベラを歩かせることだけを考えていた。後ろでは、海があらあらしい音を立てている。勝った、海に勝ったぞ。流砂《りゅうさ》からぬけ出せたんだ。

ベラは、なんとか歩き通した。やわらかい砂地《すなち》を歩くのは、とても大変《たいへん》だった。ベラの息づかいは、あらく、苦しそうだった。ようやく冷《つめ》たい風の来ない砂丘《さきゅう》のかげにたどり着いたとたん、ジョーは、地面にたおれこんだ。体がくだけて、砂《すな》つぶのようにばらばらになってしまいそうだった。

気がついたときは、もう、空が暗くなりかけていた。ベラは、どこにも行かず、ジョーのかたわらに、頭を下げて立っていた。目はどんよりとして、横腹《よこばら》が波打っている。水を飲ませなくちゃ。小川に行って、なべに水をくんでこよう。

「しまった！」ジョーは、ベラがうまっていた流砂《りゅうさ》の近くにかばんを置《お》いてきてしまったことに気づいて、ぼうぜんとした。大切な持ちものが、生活に必要《ひつよう》なものが全部、あの中に入っていた。なんということだろう。昨日《きのう》あんなに遠くまで取りにもどったのに、そして、そのせいでビディーたちの出発に間に合わなかったというのに。そのかばんがなくなってしまった。ジョーは、両手で顔をおおって泣《な》いた。

デビルのひげが、腕《うで》にさわった。顔を上げると、デビルが、また、あの顔つきをして立っていた。ぼくはとても利口《りこう》なんだ、と得意《とくい》になっているときのキツネ顔だ。ジョーは、とつぜん笑顔《えがお》になって、デビルの大きな黒い鼻にキスをした。たしかに、デビルは、とても利口《りこう》だった。ジョーのかばんを、しっかり口にくわえていた。

十九　だれだろう？

「ジョイシーの赤ちゃんですって？　いったい、何のこと？」母さんが、きびしい口調《くちょう》でたずねた。「あなたにジョイシーのことを話したことなんて、なかったのに。もしかしたら、だれかが……」

「アイリーンが話してくれたの」ビディーは、つい、いってしまった。「母さんが、わたしを牛集めに連《つ》れてってくれるといったでしょ。あの日、わたし、学校でアイリーンと話をしたの。そのとき、アイリーンが、ジョイシーとジョーのことを話してくれたの。あの二人は、おぼれ死んでなんかいない、きっと、岬《みさき》に行ってくらしているんだろうって」

「もう、九年も前の話だよ」父さんが、口をはさんだ。「そんなに長いあいだ、あんなところで生きていられるはずがないだろう」

「生きていられるわ。囚人《しゅうじん》のビディーみたいに、地虫《じむし》やキイチゴなんかを食べれたかもしれないもの」

母さんは、笑《わら》いながらいった。「まさか。九年間も地虫《じむし》とキイチゴを食べてたら、相当やせてるわね。それに、食べれたじゃなくて、食べられたでしょ」

ビディーは、ぷいといすから立ち上がって、オーブンの方へ歩いていった。母さんに子どもあつかいされたのが不満《ふまん》だった。オーブンで手をあたためているふりをして、みんなに背中《せなか》を向けたまま立っていた。本当は、大人たちに顔を見られたくなかったのだ。オーブンのぴかぴかのふたに、自分の顔が、赤くうつっている。ビディーは、とつぜん、みんなにどうしても聞いてもらいたい、しんけんに聞いてもらいたい、と思った。深呼吸《しんこきゅう》をして、これでだいじょうぶ、もう声は上ずらない、と思って、背中《せなか》を向けたまま、話し始めた。

「みんなは信《しん》じたくないかもしれないけど、いろいろ起こったことを考えてみて。ジョイシーとジョーは、わたしたちが岬《みさき》にいるあいだ、ずっと、わたしたちを見てたと思う。おとといの夜ベーコンをぬすんだのも、きっと、二人よ」

父さんが何かいおうとしたとき、ビディーが、みんなの方を向いた。「トップがぬすんだんじゃないわ」ビディーは、足もとで8の字を書くように行ったり来たりしているティガーを見ながらいった。「あのとき、トップは、わたしのねぶくろの中にいたんだから。わたし、トップを湯たんぽ代わりにしてたの。それに、あのたてがみの三つあみは？　だれがあんだの？　あれは、アイリーンがあんでくれる三つあみと同じよ。アイリーンのおばさんのジョイシーよ、きっとそうだわ」

父さんは、こまったような顔をした。「いいかい、ビディー、おまえがいっているることはよくわかるが、子どもみたいにわかい母親と小さな赤んぼうが岬《みさき》で九年近くも生きのびるなどとは、父さんには、どうしても信《しん》じられないんだよ。そんなこと、ありえない」

「二人はもう子どもと赤んぼうなんかじゃないわ、父さん」ビディーがさえぎった。「ジョイシーは二十六歳《さい》で、ジョーは九歳《さい》になってるわ。それなら、ありえるでしょ。そう思わない、父さん？」

「ふーむ、そういえば……」おじいちゃんが、ふしくれだった手でゆっくりと顔をなでながら、ふうっと息をついた。

「なあに？　そういえばって、何なの？　おじいちゃん、教えて」

「こんなことをいったら、きっと、気が変《へん》になったと思われるだろう。だが、話すことにしよう。岬《みさき》には、そうだな、もうこの三年くらい行っていないが、前に行ったとき、たしかにだれかがわしを見ている、と感じるときがあった。何かの気配を感じると、首の後ろがぞくぞくっとするだろう、あれだよ。たぶん、ジョイシーが見ていたんだ。そんなこと信《しん》じられない、どうかしている、といわれても仕方がないが、しかし、これは本当のことだ、ちかってもいい」

ビディーは、おじいちゃんのほねばった肩《かた》に腕《うで》を回して、父さんと母さんに得意《とくい》そうにいった。「ほらね、わたしが勝手にそう思ったわけじゃないでしょ。おじいちゃんも、ベラを助けたのはジョイシーとジョーだって、思ってるのよ」

「でも、それなら、どうしてベラの足あとの横に二人分の足あとがなかったの？それに、あれは、とても小さな足あとだったわ。どうして、ジョーは一人だったの？ジョイシーは、どこにいたの？」母さんがいった。

「そうだ、いいことを思いついた！」とつぜん、ビディーがさけんだ。「アイリーンの家に電話して、この話をするの」

「だめよ、ビディー！」母さんが、きっぱりといった。「このことは、絶対《ぜったい》、知らせてはだめ」

「どうして？　きっと大喜《おおよろこ》びするわ」

「大喜《おおよろこ》びするからこそ、知らせない方がいいのよ。せっかく希望《きぼう》を持ったのに、結《けっ》局《きょく》むだだったとわかったら、みんながどんなに悲しむか、考えてごらんなさい」母さんの目には、なみだがうかんでいた。「あの人たち、これまで何年も、ジョイシーとジョーを失《うしな》った悲しみにたえてきたのよ。また悲しませるなんて、そんなことできないわ」

おじいちゃんは、ビディーの背中《せなか》を軽くたたいた。「母さんのいうとおりだ。この話は、そっとしておこうじゃないか。あした、岬《みさき》に行って、あちこちさがしてみたら、何か手がかりが見つかるかもしれん。ほら、あの地図を持っておいで。どこをさがせばいいか、教えてあげよう」

目が覚《さ》めたとき、ジョーは、自分がどこにいるのかわからなかった。自分がだれなのかもわからないほどだった。一晩中《ひとばんじゅう》、ゆめを見ていた。ジョイシーも馬も犬も牛も自分もみんな走っているのに、どんなに走っても、どこにも着かないゆめだった。ジョーは、ねむい目をこすりながら、ベッドの上に起き上がった。寒い。そうだ、昨日《きのう》の夜、ウサギ皮のしきものを、ベラにかけてやったんだ。ベラ！　ベラはどうしただろう。とつぜん、おそろしい考えにおそわれた。ぼくがねているあいだに、死んでしまったかもしれない。そういえば、昨日《きのう》ここに帰ってきたとき、ベラは、とても苦しそうな息をしていた。

ジョーは、入り口に置《お》いてあったかばんをおしのけて、おそるおそる外を見た。ベラがいない。外に出ると、太陽の光がまぶしかった。手をかざして、光をさえぎる。もう、夕方に近かった。ほとんど一日中、ねむってしまったようだ。

やっと外の明るさになれたとき、小枝《こえだ》がポキンと折《お》れる音がして、ジョーは草地のはしの方に目をやった。そのとたん、ジョーの心配は消えた。ベラは、ソードグラスのしげみの近くで、のんびり草を食べていた。デビルが、そばにすわっている。ジョーが近づくと、デビルは、まるで「ぼくはベラが好《す》きで、ベラもぼくが好《す》きなんだ」とでもいうように、ジョーの顔を見上げた。ジョーは、飛《と》び上《あ》がりたいほどうれしかった。

ウサギ皮のしきものは、昨日《きのう》の夜ベラにかけてやったときのまま、背中《せなか》にのっている。ジョーがしきものの下に手を入れてみると、ベラの体は、かわいていてあたたかかった。ベラは、少しのあいだ草を食べるのをやめて、ジョーのポケットに鼻をこすりつけてきた。昨日《きのう》の夜、トンネルのようになったマヌカの大木《たいぼく》の下をくぐりぬけるときも、ベラは、何度もジョーに鼻をこすりつけてきた。ベラが通れるように、ジョーは、低《ひく》い枝《えだ》を一本一本折《お》ったり曲げたりして、マヌカの木のトンネルを大きくしてやった。時間のかかる仕事だった。そのあいだ、ベラは、ジョーの後ろに立って、ときどき鼻でジョーをつついたりしながら、しんぼう強く待っていた。やっとソードグラスの道に出て家に帰り着いたときは、どんなにうれしかったことか。月明かりに照《て》らされた家が、ジョーたちの帰りを待っていてくれた。しかし、ジョーは、つかれきっていて、火を起こすこともできなかった。しきものをベラにかけただけで、すぐ、ねてしまったのだった。

ベラが、ジョーのおなかをつついた。ジョーは、とてもおなかがすいていることに気がついた。ジョイシーがよくいっていたように、おなかと背中《せなか》がくっつきそうだった。ジョーは、にっこり笑《わら》っていった。

「さあ、何か作ってあげる。みんなで食べよう」

ジョーは、木の枝《えだ》を拾い集めながら、谷を歩いた。ベラとデビルが、その後をついていく。金色の夕日が、みんなを照《て》らしていた。

二十　馬の暴走《ぼうそう》

ビディーは、ブルーに乗っていた。片足《かたあし》をくらがしらにのせている。「そんな乗り方をしてはだめだよ。もし馬がおびえて立ち上がったら、後ろにひっくり返って、おなかの中の朝《あさ》ご飯《はん》もちゅう返りだ」父さんがいった。

ビディーは笑《わら》った。ビディーは、こんな楽しい父さんといっしょにいるのが大《だい》好《す》きだった。「母さんだって、いつもこんなふうに乗ってるわ。でも、母さんには、だめっていわないのね」

「父さんには、母さんに指図するほどの度胸《どきょう》はないよ」父さんは、笑《わら》いながらいった。「それに、何といっても、母さんは上手だからね。ビディーのように、初心者《しょしんしゃ》っていうわけじゃないんだ」父さんが、ビディーをからかった。

父さんは、笑顔《えがお》のまま、ゴードンのたづなをビディーにわたした。「ここで馬といっしょに待っていなさい。どこにも行くんじゃないよ、わかったね。すぐ帰ってくるから。この岩場を登っていこうと思うんだが、馬にはけわしすぎる。上まで行けば、何か見えるかもしれない」

父さんは、防水《ぼうすい》コートのポケットをさぐって、中からミントキャンディーをひとつかみ取り出した。「ほら、これを食べているあいだに、すぐもどってくるからね。じゃあ、行ってくるよ。父さんがいったこと、ちゃんといってごらん」

ビディーは、不満《ふまん》そうに口をとがらせて、まるで、九九を暗唱《あんしょう》するように、ゆっくりといった。「ここで……待って……いなさい……どこにも……行くんじゃないよ」

「よーし。いい子だ」

父さんは、ゴードンのおしりを軽くたたいてから、くるりと向きを変《か》えて、林の中に入っていった。

しばらくのあいだ、父さんが枝《えだ》をかき分けながら進む音が聞こえていたが、まもなく、辺《あた》りは静《しず》かになった。やがて、かすかに、さまざまな音が聞こえてきた。鳥のさえずり、木々《きぎ》のあいだを吹《ふ》きぬける風の音、馬の鼻息、ぶんぶん飛《と》び回《まわ》るハエの羽音。静《しず》けさの中に、こんなにたくさんの音があるなんて。そういえば、母さんとおじいちゃんは、もう浜辺《はまべ》に着いたかしら。今朝は、ビディーと父さんが馬に乗り、母さんの馬のダスキーを連《つ》れてきた。がけ道を馬で通るのは、二度目でも、こわかった。

母さんは、潮《しお》が引くのを待って、おじいちゃんといっしょに、小型《こがた》トラックでやって来る。おじいちゃんが自分だけ家に残《のこ》るのはどうしてもいやだというので、母さんが浜辺《はまべ》まで乗せてくることになったのだ。ビディーと父さんは、ベラの足あとが消えていた場所の近くで、ダスキーを木につないでおいた。おじいちゃんは、浜辺《はまべ》に止めた車の中に残《のこ》り、母さんは、ダスキーに乗って、砂丘《さきゅう》のうら側《がわ》に回り、足あとをさがす。おじいちゃんは、その場をはなれないように、ビディーよりも、ずっときびしくいわれていた。車の中には、まほうびんとサンドイッチが用意してある。

ブルーに乗ったビディーは、また、片足《かたあし》をくらがしらの上にのせた。母さんがこうすると、とてもゆったりしていて、かっこよく見える。でも、このすわり方は、ビディーには、不安定《ふあんてい》で、あまり心地《ここち》よくない。くらの上で体をひねって反対側《はんたいがわ》の足でやってみたが、もっと不安定《ふあんてい》になってしまった。今度は、ぐるっと回って、後ろ向きにまたがった。わーい！　世界一周《せかいいっしゅう》だ！　小さいとき、乗馬クラブでよくこんなことをして遊んだ。クラブでは、アイリーンと同じ赤組だった。急に、アイリーンのことを思い出した。早くアイリーンの家に行って、話したい。「ねえねえ、何があったと思う？　あなたのいとこのジョーがね……」

そのとき、ゴードンがとつぜん後ずさりを始めたので、ビディーは、空想から覚《さ》めた。「どう、どう！」ビディーは、ブルーのくらじりにしがみついて、ゴードンに声をかけた。気がつくと、ゴードンのたづなは、ビディーの手からはなれて、低《ひく》い枝《えだ》にからまっている。ゴードンは、自分が動くと枝《えだ》もいっしょに動くので、ひどくおびえている。「ばかね、動いちゃだめ！」

ビディーは、ブルーの背中《せなか》からぐっと身を乗り出して、ゴードンのたづなを枝《えだ》からはなそうとした。そのとき、林の中からインコがふいに飛《と》んできて、ゴードンの顔にぶつかりそうになった。おどろいたゴードンは、ひづめではげしく土をけって、右へ左へ後ずさりした。目はぎょろぎょろして、鼻息もあらい。とつぜん、パキッという音がして、枝《えだ》が折《お》れた。ゴードンは、ますますおびえる。ゴードンが後ろに下がるたびに、枝《えだ》もついていく。きょうふで大きく見開《みひら》いた目で化けものでも見るように枝《えだ》を見ていたかと思うと、急にぐるぐると回りだし、枝《えだ》を引きずったまま、走り去ってしまった。ブルーも、同じようにぐるぐる回り、後ろ向きに乗っていたビディーをふり落して、くるったようにいななきながら、ゴードンの後を追った。

ビディーは、あお向けにどさっと地面にたたきつけられて、しばらく息もできなかった。ようやく息ができるようになると、たおれたまま、浜辺《はまべ》の方へかけていくひづめの音に耳をすませた。目になみだがあふれ、頭上《ずじょう》の木々《きぎ》の葉が青空ににじんで見えた。なんて馬たちなの、ばか、ばか！　ゴードンは、利口《りこう》な馬のはずなのに。わたしがひとりで番をしてるときにかぎって、なぜ、こんなことをするの。それに、ブルーだって。ビディーは、鼻をすすり上げ、手の甲《こう》でなみだをぬぐった。わたしをふり落として走っていってしまうなんて、ブルーったら、自分のこと、いったい何だと思っているのかしら。

わたし、父さんにうんとしかられる。馬を追いかけても、浜辺《はまべ》までは何時間もかかる。あのばかな馬たちを浜辺《はまべ》で見つけたら、母さんもおじいちゃんも、何かあったと思って、きっと、ひどく心配するだろう。ビディーは、いかりがこみ上げてきて、頭がばくはつしそうだった。また、わたしのせいで、何もかもだめになってしまった。わたしが手伝《てつだ》おうとすると、いつも、かえってややこしくなる。ビディーは、立ち上がると、こしに両手を当てて、馬たちが走り去った方向をくやしそうにながめながら、さけんだ。「ゴードンもブルーも、大きらい！」しかし、ビディーのかん高い声が、静《しず》かな林にひびきわたるだけだった。

二十一　ジョーとベラ

すぐ出発して、ベラをビディーたちが住んでいるところへ連《つ》れていくべきだ。それは、ジョーにもよくわかっていた。しかし、今夜もう一晩《ひとばん》、ベラとデビルといっしょに、この谷ですごしたい。それに、ベラも、もう一日、休んだ方がいいだろう。今日は、よく晴れていて風もない。昨日《きのう》の夜たくさん食べたので、おなかもすいていない。ビディーの家まで歩いていくのも、ベラといっしょなら、そんなに大変《たいへん》じゃないだろう。

「デビル、明日は、ほんとに、行くよ。今日が、いっしょにいられる最後《さいご》の日だ」ジョーは、デビルの耳をなでながら、いった。

デビルはあまり悲しそうではないが、それも仕方がない。さよならといっては、またもどってきたのだから。

ベラは、ジョーがすわっている丸太のそばで、草を食べている。草をかみちぎったり、むしゃむしゃ口を動かしたり、鼻の辺《あた》りを飛《と》ぶ虫を追いはらうように、ときどき、鼻を鳴らしたりしている。ベラが、鼻でジョーをつつく。ジョーは、笑《わら》い声《ごえ》を上げながら、丸太からすべり落ちる。「おまえは、ファントムの馬にとてもよくにてるね。名前を変《か》えようか。そうだ、今から、おまえはヒーローだ。ヒーロー、こっちへ来い！」

ベラは、丸太をぐるっと回り、あお向けになっているジョーの近くまで来て、草を食べ始めた。馬のあたたかい息が、ジョーの首にかかる。ジョーは、くすぐったくて、くすくす笑《わら》った。ベラがジョーをおどろかせないように気をつけてくれているのも、うれしかった。

近くで見ると、ベラの腹《はら》にも足にも、どろがこびりついていた。たてがみも、くしゃくしゃにもつれている。

「おまえの体をきれいにあらわなくちゃ、ヒーロー」ジョーは、そういいながら、自分のかみの毛にもさわってみた。「ぼくも、体をあらわなくちゃ」

ジョーは、ベラを川に連《つ》れていって、いっしょに水の中に入った。川の水は、いちばん深いところで、ジョーの胸《むね》の辺《あた》りまであった。水が冷《つめ》たくて、ジョーは息が止まりそうだったが、ベラは平気だった。「よしよし、いい子だ、ベラ、じゃなくて、

ヒーロー。さあ、ごしごしするよ」ジョーは、せっけんをあわ立てて、ベラのたてがみ、しっぽ、背中《せなか》、腹《はら》、そして、足をきれいにあらった。自分の体も、頭のてっぺんから足の先まで、せっけんであらった。もう一度、ベラによじ上って、たてがみをきれいにあらった。それから、ベラの腹《はら》の下を泳いで背中《せなか》によじ上り、アザラシが岩の上から海にすべりこむように、水の中にもぐった。

デビルは、岸で、何してるんだろうという顔つきで首をかしげながら、でも、楽しそうにこの光景《こうけい》をながめている。

「デビル、見てて！　ぼくたち、クジラになるよ！」ジョーは、ベラの背中《せなか》にあお向けにねて、空に向かって口から水をシューッと吹《ふ》き出《だ》し、ざぶんと川に飛《と》びこんだ。ベラが前足で水面をたたくと、大きな水しぶきが上がった。デビルは、大あわてでにげた。

ジョーは、馬と自分の体をあらい終わると、ふるえながら、ベラを川から出した。ベラが体をふるわせて水をはじき飛《と》ばしたとき、水しぶきの中に、ほんのいっしゅん、にじが見えた。ベラは、足を折《お》り曲《ま》げると、草の上にねころんだ。まず、体の片側《かたがわ》を、首から後ろ足まで、草にこすりつけた。次に、大きくいななきながら、反《はん》対側《たいがわ》に転がって、同じことをした。それから、立ち上がって、もう一度、ぶるぶるっと体をふるわせ、ジョーの方を見た。「うーん、いい気持ち！」といっているようだった。

あたたかい日差《ひざ》しで、ベラの毛はすぐにかわいた。ジョーは、もつれたたてがみとしっぽの毛を、古いべっこうのくしで、ていねいにとかした。ベラの毛をとかしていると、ジョイシーの美しいかみの毛のことが思い出された。自分のかみもとかそうとしたが、ひどくもつれていた。ジョーは、ジョイシーのよく切れるはさみを使って、かみの毛を切った。もうはさみでは切れないほど短くなるまで、ちょきちょきと根気よく切り続《つづ》けた。手で頭をさわると、短いかたい毛にふれた。頭が軽くなって、ちょっとたよりない気がしたが、一方で、大きな荷物を下ろして自由になったような、晴《は》れ晴《ば》れとした気持ちになった。さあ、新しい生活に向かって出発だ。

二十二　一本の白い毛

ビディーは、地面にすわって、父さんを待った。どうしよう、こんなことになってしまって、父さんになんて説明《せつめい》したらいいかしら。自分でなんとかしたい。たぶん、なんとかできる。馬たちは、浜辺《はまべ》までは行っていないだろう。ブルーは、豚《ぶた》のように食いしんぼうだから、おいしい草を見つけたら、きっと、そこで止まって食べるはずだ。

ビディーは、いろいろ考えてみた。さっき通った、あの小さな草地までもどってみよう。ブルーとゴードンがいるかもしれない。ゴードンはたづながついたままだろうから、かんたんにつかまえられる。ブルーに乗って、ゴードンを引いて、ここにもどってこよう。父さんがもどってきたときには、何もなかったようなふりをして、ここにいればいい。馬たちがにげたなんていう必要《ひつよう》はないわ。わたしが大人になってから、打ち明けることにしよう。

父さんの声が、頭の中でひびいた。「ここで待っていなさい。どこにも行くんじゃないよ」ビディーは、その声を聞かなかったことにした。父さんがもどってくる前に、あの草地に行って帰ってこられるだろう。ビディーは、元気よく歩きだした。歩きだすと、すぐに、気持ちが落ち着いた。そのうちに、頭の中の父さんの声は、だんだん小さくなった。

　思ったよりも早く草地に着いたが、馬はいなかった。早足でかけぬけていったらしく、ひづめのあとが深く残《のこ》っているだけだった。まるで飛《と》ぶように走っていったんだ、あの馬たち。「ひどいわ、ブルー、こんなことをして。わたし、絶対《ぜったい》にゆるさない！　もう二度と、ニンジンをあげないからね！」ビディーはわめいた。

　やっぱり、あそこで父さんを待とう。ビディーは、もと来た道をとぼとぼと引き返した。ミソサザイが林の中を飛《と》びかっていたが、ビディーは気がつかなかった。下を向いて、あのにくらしい馬たちが残《のこ》していったひづめのあとばかりを見ていた。

　あれっ!?　今見たあの足あとは、どうして道を横切っていたんだろう。ビディーは、二、三歩もどって、よく見てみた。一頭の馬が、横からつっこんでいた。道の両側《りょうがわ》にはマヌカの木がおいしげっていたが、近づいて見ると、片側《かたがわ》が急な斜面《しゃめん》になっていて、馬がしげみの中をすべり落ちたようなあとが見える。周《まわ》りの木を調べてみると、白い毛が一本、枝《えだ》に引っかかっていた。

ベラだ！　ベラにまちがいない！　ビディーは、道のくぼみを飛《と》びこえて、防水《ぼうすい》コートにおしりをのせ、そりで下りるように、わーっと声を上げながら、砂《すな》の斜面《しゃめん》を下まで一気にすべり下りた。やっぱり、そうだ。地面がしめっていて、足あとがはっきり見える。馬のひづめのあと、犬の足あと、そして、人間の足あと。ベラがいる。きっと見つかる！

父さんにいわれたことが、また、頭をよぎった。悪いことをしているような気もしたが、その気持ちをふりはらった。ブルーやゴードンがいなくなったとしても、ベラが見つかれば、それでいい。それに、ジョーが見つかるかもしれない。ジョーのことは、ちょっと不安《ふあん》だった。ジョーが見つけてほしくないとしたら？　意地悪な男の子だったら？　ひどいにおいがしたら？　ジョイシーは、やっぱり変《へん》な人だろうか？　まあ、いいわ。ビディーは、思い直して、足あとを追い続《つづ》けた。これまで、わたしのせいで、いろんなことがめちゃくちゃになった。今度こそ、がんばって、ばんかいしなければ。

足あとは、マヌカの林へと続《つづ》いていた。林の中は、枝《えだ》がからみ合って、トンネルのようになっている。イモムシのように曲がりくねったトンネルだ。ビディーは、かがんで進んだ。すぐに、背中《せなか》がいたくなった。あちこちいたがっているおじいちゃんの気持ちが、今はよくわかる。たくさんの枝《えだ》が折《お》ってある。枝《えだ》をかき分けたあともある。きっと、ベラが通りやすいように、ジョーがしたんだろう。ベラがジョーの背中《せなか》を鼻でつついているようすが、目にうかんだ。

もう、もどらなければならない。ビディーは、父さんがよんでいるかもしれないと思って、ときどき、立ち止まって、耳をすませた。しかし、風が強くなったのか、マヌカのトンネルを吹《ふ》きぬける風の音がうなるようにひびくだけで、ほかの音は何も聞こえなかった。あと百歩、行ってみよう。それから、もどろう。そう決めると、百歩でできるだけ遠くまで行けるように、大またで歩きだした。そして、八十九歩のところで、トンネルを出た。午後の太陽がまぶしかった。

足あとは、両岸にシダやアシがしげった浅《あさ》い川をこえて、ソードグラスのしげみの中に消えていた。ビディーは、川をわたった。九十三、九十四……。とつぜん、ソードグラスのしげみの中を通る小道が見えた。人が作った道だ。ビディーは、百歩までと決めたことをわすれて、急いで先に進んだ。

高くしげったソードグラスが、ゆれて、太陽をさえぎる。聞こえるのは、足もとでかれ葉がカサコソいう音だけだ。ビディーは、歩きながら、ベラの名前をよんだ。

「ベラ！　ベラー！　ベーラー！」最初《さいしょ》は小さな声だったが、だんだん大きなさけび声になった。

ビディーは、立ち止まって、息をととのえた。そのとき、馬のいななきが聞こえた。まさか！　もう一度、よんでみた。まちがいない。わたしのよび声にこたえているのは、ベラだわ！　ひづめの音も聞こえる。ベラが、こっちへ走ってくる。ほかの音も聞こえてくる。だれかが名前をくり返しよんでいるが、ビディーには、何とよんでいるのか、聞き取れない。いきなり、前方の曲がり角から、ベラがあらわれた。ひづめの音をひびかせ、たてがみをなびかせながら、空を飛《と》ぶように走ってきて、ビディーの目の前で、前足をつっぱって、ぴたりと止まった。

二十三　ビディーとジョー

ビディーは、ベラのすべすべした鼻に顔をおしつけ、両耳をなで、ベラを何度もだきしめて泣《な》いた。うれしいときにこんなに泣《な》けるなんて、知らなかった。ベラの来た方から、よび声が、まだ聞こえてくる。とても変《へん》なよび声だったので、ビディーは、とつぜん、不安《ふあん》になった。今ジョイシーとジョーに会うのは、こわかった。帰ろう。ベラを父さんのところへ連《つ》れて帰って、それから、みんなといっしょにここへ来ればいい。「ベラ、さあ、行こう」

ベラの首に腕《うで》をかけて今来た道をもどり始めたとたん、ベラが立ち止まったので、ビディーは、おどろいてふり返った。「ベラ、どうしたの」いつもなら、ベラは、ビディーについてくる。「いい子ね、ベラ、行くのよ」ベラは動こうとしない。ビディーは、たてがみをつかんで、引っぱりながらいった。「お願《ねが》い！　歩いて！」しかし、ベラは、どうしても動こうとしなかった。

ビディーは、うれしくて泣《な》いていたのに、今度は、こまりはてて泣《な》きたくなった。

あの変《へん》なよび声は、まだ、続《つづ》いている。そして、だんだん近づいてくる。ビディーは、おそろしくなって、その声からベラを遠ざけようとした。「ベラ、大変《たいへん》！　早くここからにげなくちゃ！」ビディーは、ベラの後ろに回って、ベラのおしりをぴしゃっとたたいた。

「だめ！　そんなことしないで！」とつぜん、ジョーがあらわれ、ベラをはさんで、ビディーの目の前に立った。ビディーは、口を開《あ》けたまま、ぽかんと相手を見ているだけだった。ジョーは、とてもせいけつだった。かみの毛がもじゃもじゃで、よごれていて、野生動物みたいだろう、と想像《そうぞう》していたのに、みがいたリンゴのようにぴかぴかで、かみの毛は、とても短い。ビディーが小さいころティガーの毛を切ったときのように、短くて、不ぞろいだ。ジョーは、今にもにげ出しそうなほどひどくこわがっていて、ベラにぴったりくっついている。

ビディーは、ジョーにほほえみかけた。ジョーは、にこりともしない。ビディーの後ろの方を心配そうに見ている。「だいじょうぶ、わたしだけよ。ほかに、だれもいないわ」ビディーは、やさしくいって、もう一度ほほえんだ。今度は、ジョーも、笑顔《えがお》になった。すてきな笑顔《えがお》だった。「ジョーなの？」うなずくジョーに、ビディーは、ベラの背中《せなか》ごしに、手を差《さ》し出《だ》した。「わたし、ビディー」ジョーは、ビディーの手を見ている。「わたしの手をにぎって、ふるの。あくしゅっていうのよ。こんにちは、っていうとき、あくしゅするの」

ジョーは、もう一度にっこりすると、ビディーの手をぎゅっとつかんだ。ビディーはびっくりした。ジョーはビディーより小さいのに、その手は、父さんの手のように固《かた》くてがんじょうだった。ジョーは、ビディーの手を上下にふった。

「もういいわ！　もうやめていいのよ。ちょっとのあいだだけでいいの」ビディーは、にぎられて赤くなった手を引っこめ、ふり返って、ジョーがやって来た方を見た。

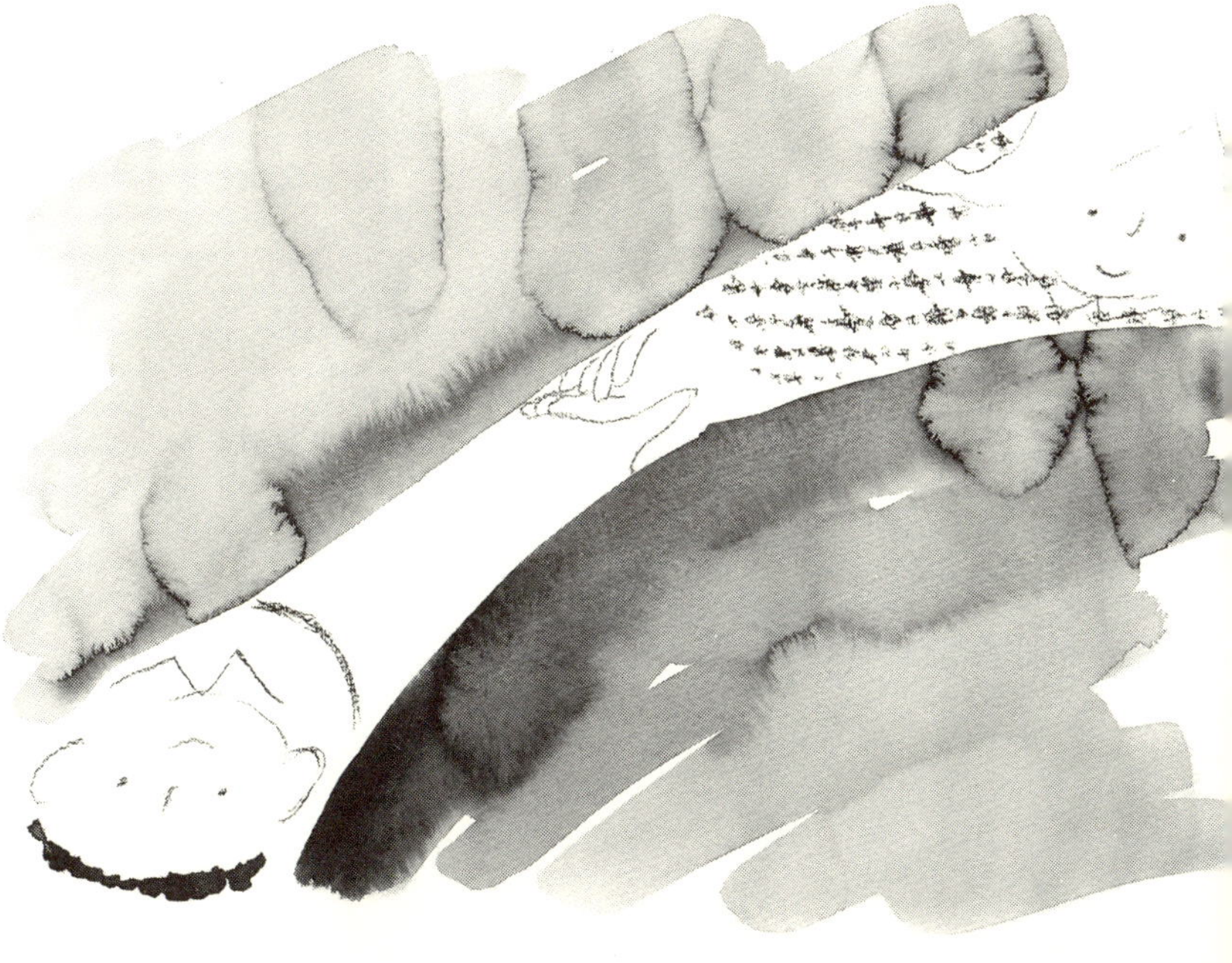

ジョイシーがわめきながらやって来るんじゃないかしら。ジョイシーって、学校で自分の子どもをいじめる子に大声を上げる、こわいお母さんみたいな人よ、きっと。こんなところでずっとくらしているなんて、かなり変《か》わり者《もの》にちがいない。ビディーは、もう一度、ジョーの方を向いた。「あらっ！　それ、わたしの……」ビディーは、「それ、わたしの防水《ぼうすい》コートよ」といいかけて、ぐっとがまんした。それは、母さんが去年の秋なくしたコートだった。しかし、ぬすんだとせめたりしたら、ジョーは、おびえて、にげてしまうかもしれない。そんなことになったら、大変《たいへん》だ。ジョーは、ベラの耳の周《まわ》りをやさしくなでている。ベラは、気持ちよさそうに、うっとりしている。

ビディーは、ジョーにちょっとやきもちを焼《や》いたが、その気持ちをおさえた。「ベラを助けてくれて、ありがとう」

ジョーは、もう一度、にっこりした。笑《わら》い方《かた》が、アイリーンにとてもにている。かっ色のやせた腕《うで》も、そっくりだ。といっても、ジョーの腕《うで》は、きずあとやかさぶたがいっぱいだった。かみの毛も、のびたら、アイリーンと同じように、黒くてちぢれているだろう。

「やさしくて、強い。デビルも好《す》きみたいだよ」ジョーの声は、低《ひく》くて聞き取りにくかった。お母さんのジョイシーのことをいってるんだ、とビディーは思った。

「ジョイシーはどこ？」ジョーの声にくらべると、ビディーの声は、はっきりしていて、よくひびいた。「ベラを助けてくれたとき、どうして一人だったの？　ジョイシーはどこ？」

ジョーは、ベラの毛なみにそって指をすべらせながら、自分の指をじっと見ていた。ジョーは、しばらくのあいだ、だまっていた。それから、何かつぶやいたが、ビディーには聞き取れなかった。

「なーに？　何ていったの？」手をのばしてベラの首をなでながら、ビディーが聞いた。

ジョーは、顔を上げて、ビディーの目を見つめた。「死んだ」

ビディーは、何といっていいかわからなくて、長いあいだ、地面を見つめていた。顔を上げると、ジョーも、同じように、地面を見つめていた。ジョーは、鼻をすすっていた。泣《な》いていることを知られたくないだろうと思って、ビディーは話し始めた。

「そうだったの……。だいじょうぶ？　いったい、何があったの？　病気だったの？

でも、いいたくなかったら、いわなくていいわ。さびしかったでしょ……」ビディーの声は、小さくなって、とぎれた。

「たぶん、一年くらい前だと思う」ジョーは、まだ地面を見つめていたが、もう、鼻をすすってはいなかった。「病気になって、死んじゃったんだ。きみは、よくしゃべるね」

ビディーは、笑《わら》いながら、空を見上げた。空は、ピンク色にそまっていた。とつぜん、ビディーは、両親のことを思い出した。夕方には引き返して浜辺《はまべ》の小型《こがた》トラックのところまで行かなければならない、と父さんがいっていた。ビディーは、ジョーにたずねた。「ここから浜辺《はまべ》まで、どのくらいかかるかしら」

「だいぶかかるよ」

「だいぶって、どのくらい？　何時間？」

ジョーは、肩《かた》をすくめた。「わからない。何時間かかるか、わからないんだ。ジョイシーは時間のことを教えてくれたけど、時計はなかった」

ビディーは、ばかなことを聞いたと思った。「暗くなる前に、浜辺《はまべ》に着ける？」

ジョーは、首をふった。「ううん、とっても遠いよ」

ビディーは、ベラの背中《せなか》に両腕《りょううで》を置《お》いてもたれかかった。父さんと母さんは、かんかんになっておこってるだろう。わたしは、へまばかりしてる。ベラは流砂《りゅうさ》にはまってしまうし、馬たちはにげてしまうし、今は、わたしがゆくえ不明《ふめい》になってる。おじいちゃんが心配して病気にならなければいいけど。でも、きっと、だいじょうぶ。みんな、今夜は家に帰るけど、あしたの朝はもどってきてくれるはずだ。

ビディーは、背中《せなか》に何かがそっとさわるのを感じた。ジョーの手だった。「どうしたの、ビ……ビディー？」ジョーが聞いた。

今度は、ビディーが、鼻をすする番だった。「なんでもないの、ありがとう。母さんと父さんとおじいちゃんのことが心配なの」

ジョーは、また、すてきな笑顔《えがお》を見せた。「おいでよ、ぼくの家に行こう。あしたの朝、出発すればいい。デビルにも会えるよ」

ジョーがくるりと向きを変《か》えると、ベラも後をついていく。わたしにちゅうじつな馬のはずなのに、ひどい。ジョーは、すべるようなきみょうな歩き方をする。ほとんど音を立てず、まるで、地面に足が着いていないかのようだ。ビディーは、小走りでジョーについていかなければならなかった。

「デビルって、だれ？」

「ぼくの犬だよ、ディンゴなんだ」ジョーが立ち止まったとき、ビディーは、うまくベラの背中《せなか》に飛《と》び乗《の》ることができた。ジョーの後を追いかけて走っていたときは、わたしって小さな子どもみたい、と思ったけれど、今は、ベラにまたがって、王女さまみたいな気分だ。

「デビルは、人になつかないんだ。きみのこと、好《す》きにならないかもしれない」ビディーは、それを聞いて、むっとした。もちろん、わたしのこと、好《す》きになるに決まってる。ちょうどそのとき、谷に出た。ジョーは、立ち止まって、口ぶえを二度吹《ふ》いた。ビディーにはほとんど聞こえないような低《ひく》い口ぶえだ。しかし、辺《あた》りは静まり返ったままだった。

二十四　ジョーの家で

ジョーの家は最高《さいこう》だ、今までにこんな家は見たことがない、とビディーは思った。中に入って遊べるひみつの小屋を作ったことがあるけど、すぐこわれてしまうような、ただのおもちゃの家だった。でも、これは、本物の家だ。ビディーは、ベッドにねてみたり、いすにすわってみたり、ストーブを調べたりした。「わたし、ゴールディロックスになったみたい」ビディーは、うれしくなって笑《わら》った。しかし、すぐに気がついた。「ごめんなさいね。あなたは、たぶん、ゴールディロックスは知らないわね。〈三匹《びき》のくま〉のお話に出てくる女の子なの」

「ぼく、知ってるよ」ジョーは、ベッドの下から、本の入っているかんを引っぱり出した。「ほら、ここにその本があるよ。ぼくが小さいとき、大好《だいす》きだったんだ」

その本は、インクはうすれていたが、やぶれや折《お》り目《め》はなかった。

かんの中には、コミックもたくさんあった。どの本も、古くて、布《ぬの》のようにやわらかくなっていた。「あら、ファントム・シリーズ！　わたしも大好《だいす》き。アイリーンは、いつも買ってるわ」ビディーは、一冊《さつ》、手に取ると、ぱらぱらとページをめくった。

「ああ、これだったのね」ビディーは、ファントムの白い馬を指差《ゆびさ》した。「さっき、ベラのことを、ヒーローってよんでたけど、この馬のことね。じゃあ、あなたがファントムね」

ジョーは、顔を赤らめた。「ヒーローってよばれても、ベラはいやじゃなかったみたい。でも、きみは、ベラってよべばいい。だけど、ベラって、どういう意味？」

「美しいっていう意味よ」

ジョーは、本をしまった。「その名前、ぴったりだ。ヒーローよりずっといい」

ビディーは、外へ出た。たき火に近づいたとき、もう少しで、死んだウサギをふみそうになった。「どうして、こんなところで、ウサギが死んでるの？」

ジョーは、くすくす笑《わら》いだした。

「何がそんなにおかしいの？　どうして笑《わら》うの？」

「そこで死んだんじゃないよ」ジョーは、今にも、吹《ふ》き出《だ》しそうだった。「デビルが置《お》いてったんだ。ぼくたちの夕食だよ」

父さんは、ずっと走り続《つづ》けて、やっと、浜《はま》辺《べ》の見える砂丘《さきゅう》のてっぺんにたどり着いた。走っているつもりでも、砂《すな》のせいで、歩くのと変《か》わらない速さだった。ビディーが約束《やくそく》した場所にいなかったので腹《はら》を立てていたが、同時に、心配で気が変《へん》になりそうだった。どうして、馬たちは、とつぜん、かけ出したんだろう。父さんは、走りながら、もしかしたらビディーがふり落とされてたおれているのではないかと思って、道を曲がるたびに、どきどきした。しかし、ビディーのすがたはなかった。やっぱり、馬にしがみついていたんだろう。父さんは、浜辺《はまべ》を見下ろした。母さんが、小型《こがた》トラックのそばで、三頭の馬のたづなを持っている。ゴードンとブルーは、あ

せがかわいて、体にしまができていた。よほど速く走ったにちがいない。

「ビディーはだいじょうぶかあ？」父さんがさけんだ。母さんは、よく聞こうとして、耳に手を当てた。父さんは、大またで砂丘《さきゅう》をすべり下りて、母さんの方へ走った。

「ビディーはだいじょうぶか？」もう一度たずねながら、父さんは、馬の向こうの小型《こがた》トラックの中を見ようとした。おじいちゃんが、窓《まど》に腕《うで》をかけて、助手席《じょしゅせき》にすわっている。となりには、ビディーがすわっているはずだ。

「どういうこと？」母さんが、父さんに近づいて、腕《うで》をつかんだ。「ビディーは、ここにはいないわ。あなたといっしょだと思ってた。帰ってきたのは、馬だけよ」

まさか、そんなことはありえない。父さんは、母さんをおしのけて、開《あ》いている窓《まど》から車の中をのぞいた。おじいちゃんの横には、まほうびんがあるだけだった。

「じゃあ、あなたは、岬《みさき》から出たことがないのね？」ビディーは、ウサギの肉を食べ終わると、指をなめてきれいにした。ほねは全部、デビルのために、横に積《つ》んでおいた。

ジョーは、パチパチ音を立てているたき火の向《む》こう側《がわ》に、ひざをかかえてすわっている。「うん、そうなんだ。町には悪い人たちがいっぱいいるって、母さんは、いつもいってた。ぼくの父さんは、町で殺《ころ》されたんだ」

ビディーは、ジョーの話をよく聞こうとして、身をのり出した。「知ってるわ。アイリーンから聞いたの」ジョーのいとこのアイリーンがビディーの親友であることは、ジョーに話してあった。「だけど、そんなことがまた起きるなんて、考えちゃだめ。たいていの人は親切なのよ、わたしたちみたいに」

ベラは、首をのばして、ジョーのひざの上のパンを食べている。ジョーは、目をとじて、ベラにもたれた。ジョーは、つかれているみたい。体も小さいし、とてもつかれているんだわ。「ジョー、こわい？」ビディーが聞いた。「町がこわい？　わたしといっしょに、町に来るわよね？」

ジョーは、うなずいて、じっと火を見た。「ぼく、ずっと、後をつけてた。おとといの夜、話しかけようと思ったけど、その前に、ここに持ちものを取りに帰りたかったんだ。話しかけてしまったら、もうもどれないから。そして、昨日《きのう》、行ってみたら、だれもいなかった。あっ、そうだ」といったと思うと、ジョーは、家の中に消えていた。ジョーが音もなくすばやく動くたびに、ビディーはどきっとする。「ほら、これ、浜辺で見つけたんだ！」ジョーは、ビディーのぼうしをかぶって出てきた。

「あっ！　わたしのぼうし！　ありがとう、ジョー」ビディーがぼうしをつかもうとすると、ジョーは、さっと身をかわした。

「見つけた人のものだよ。ジョイシーが、いつもいってた」

ビディーは、たき火の周《まわ》りを、右へ左へと、ジョーを追いかけた。しかし、ジョーは、なかなかつかまらない。ウナギのように、するりとにげてしまう。ビディーは、息が切れて、笑《わら》いながら、丸太の上にすわりこんだ。「負けた。ジョーにあげる」

「ふざけただけだ、返すよ」ジョーは、ぼう切れにぼうしをまきつけて、たき火の向こうのビディーに投げた。しかし、ビディーが受けとめる前に、何か黄色いものが、さっと目の前を横切って、ぼうしをうばっていった。ビディーが悲鳴《ひめい》を上げると、ジョーは、急いでたき火を回って、ビディーの横に来た。「だいじょうぶ、デビルだよ。あいつは、投げたものに、すぐ、飛《と》びつくんだ。そういう遊びが大《だい》好《す》きなんだよ」

ビディーとジョーは、ウサギ皮のしきものにくるまって、体を丸くしてねていた。何かが顔にそっとさわったのを感じて、ビディーは、かすかに体を動かした。目を開《あ》けてみて、ぎょっとした。こはく色の目が二つ、ベッドのすぐそばで、ビディーをじっと見ている。「こんばんは、デビル」ビディーは、小声でいった。デビルは、ベッドの上にぼうしを落とすと、入り口の近くにすわった。そして、ぼくはきみの友達《ともだち》だよとでもいうように、前足に頭をのせてねそべった。「おやすみ、デビル。よろしくね」ビディーは、やさしくいって、それから、また、ねむりこんだ。

二十五　アイリーンの家で

アイリーンは、ニワトリ小屋の戸をしめると、暗がりの中をのぞきこんで、とめ金がきちんとかかっているかどうか、たしかめた。家の前で、車の止まる音がした。だれが来たんだろう。アイリーンは、急いでそちらへ回った。フレイザー家の人たちだ。うれしい！　きっと、ビディーから、牛集めのことが聞ける。

「こんばんは、おじさん、おばさん、フレイザーおじいちゃん」アイリーンとビディーは、おたがいのおじいさんのことを、いつも、フレイザーおじいちゃん、リバーズおじいちゃんとよんでいた。

「こんばんは、アイリーン」ビディーの父さんは、にこりともしないでいった。いつもなら、アイリーンをからかって、ボコちゃんとよぶ。ビディーがデコで、アイリーンがボコだ。「パパは家にいるかい？」

「はい」アイリーンは、みんなの先に立って、ポーチのかいだんを上がった。「ビディーは？　どうしていっしょじゃないの？」だれも、返事をしなかった。

げんかんのドアが開《あ》いて、中の明かりが、ポーチを照《て》らした。おとなたちは、いっせいに、話し始めた。流砂《りゅうさ》、ベラ、はまった、ビディー、いなくなった、ジョイシー、ジョー、足あと……。

「二人は生きてるの、ママ？」アイリーンは、ママのそでを引っぱった。「ビディーが見つけたの？」

「静《しず》かにして。聞こえないでしょ」ママは、アイリーンの腕《うで》の中に、小さな弟をらんぼうにおしこんだ。「トムをあっちに連《つ》れてって、お話の本を読んであげてね」

部屋を出ていくなんて、絶対《ぜったい》、いやだ。アイリーンは、トムを調理台の上にすわらせて、バナナをちょっと食べさせた。これで、しばらく静《しず》かにしてくれるから、話が聞ける。

「ビディーが二人に出会ったと思うのかい？　ジョイシーとジョーに？」パパが聞いている。

ビディーの父さんは、ぼうしをぬいで、こまったように、頭に手をやった。「わからない。ただ、ビディーがけがをしたのだったら、見つけていたと思う。それに、どこにも行っちゃいけないって、きびしくいったんだ。ほんとに、くり返しくり返し、いい聞かせた」

「ビディーは、きっと、二人といっしょにいるのよ」ビディーの母さんが、口をはさんだ。落ち着いた声だ。「あなたのいうことを聞かないなんて、それしか考えられないわ。ビディーもベラも、ジョイシーとジョーといっしょにいるのよ」それから、アイリーンのパパの方を向いていった。「ミック、こんなことを聞いては悪いけど、ジョイシーはビディーに何かひどいことをすると思う？　それとも、追いはらうかしら？」

「そんなことはしない。心配しなくてだいじょうぶだ」アイリーンのパパは、地図をテーブルの上に広げ始めた。「ジョイシーがどんなに頭がおかしくなっていたとしても、だれにもひどいことなんかしないよ。ジョイシーは、ほんとにやさしいんだ」

アイリーンは、地図が広げられるように、テーブルのお皿をかたづけた。「いい子だね」パパが、スープ皿をわたしてくれた。よかった！　わたし、もう、無視《むし》されてないんだ。何か大変《たいへん》なことが起こるたびに、パパやママがわたしを無視《むし》するのはほんとにひどい、といつも思っていた。アイリーンは、トムをだきかかえて、お

じいちゃんの後ろに立った。おじいちゃんの顔はまっさおだ。
「もう、九年になる」おじいちゃんの声がふるえている。「九年だ。それが本当なら、まさにきせきだ。まるで、ジョイシーをはかの中から取りもどすようなものだ」
ビディーのおじいちゃんが、パイプを出して火をつけた。「早まってはいかん。あの二人じゃないかもしれない。いいかい、わしたちは、ただ足あとを見つけただけだ。さあ、地図を見てみよう」
二人のおじいちゃんは、そっくり同じやり方で、胸《むね》のポケットからめがねを取り出してかけた。アイリーンが笑《わら》ったのを見て、パパがいった。「そうなのさ。おじいちゃんたちは、長年いっしょにくらした夫婦《ふうふ》みたいに、よくにてるんだ」そして、おじいちゃんたちが正面からよく見えるように、地図をぐるっと回した。

「ここに、三頭の馬が着いた。午前四時、干潮《かんちょう》だった。かなりはっきりとした足あとらしきものがあった。そして、この二人は」ビディーのおじいちゃんは、テーブルを指でたたいてから、アイリーンのおじいちゃんとパパを指差《ゆびさ》した。「二人とも、足あとを追ってさがすことにかけては、この辺《あた》りじゃ、だれにも負けない。さがしに行こう、夜明けには、そうさく開始だ」

「だれかに知らせた方がいいかしら？」アイリーンのママが聞いた。「けいさつに知らせるべきかしら？」

「けいさつはどうすると思うかね？」アイリーンのおじいちゃんは、土地のけいさつはたよりにならないと、前からずっと思っていた。「けいさつがだれにそうさくさせるか、わかるだろう？」

「そうね、おじいちゃんとミックよね。じゃあ、だれにもいわないで、わたしたちだけでやりましょう」ママは、いすを引いた。「トムをこっちにちょうだい、アイリーン。あなたは、ねた方がいいわ」

アイリーンは、わざと足音を立てて部屋を横切り、トムをママのひざにどさっと置《お》いた。目から、なみだがあふれそうだった。不公平《ふこうへい》だわ。どうして、いつも、わたしはのけ者なの？「なぜ、わたしは行っちゃいけないの？ビディーはわたしの親友だし、ジョーはいとこよ。わたしだって……」

「おこりんぼね」ママは、アイリーンの手を取っていった。「もちろん、あなたも行くのよ。だから、今すぐ、ねてほしいの。あしたの朝は、とっても早く起きないとだめでしょ。いとこと親友をさがしに行くんですもの」

二十六　岬《みさき》をあとに

「これ、持ってった方がいいかなあ?」ジョーが、ビディーの鼻先に、ウサギのわなをつき出した。さびた金具に、毛が少しついている。「うわっ、やめて!」ビディーは、ジョーが荷物をまとめるのを手伝《てつだ》っていた。すぐに出発すれば、お昼前には浜辺《はまべ》に着ける。父さんと母さんは、そこに小型《こがた》トラックで来ているはずだ。ビディーにはわかっていた。

ビディーは、たき火から少しはなれて、草の上に広げてあるジョーの持ちものを見た。何年間もくらしてきたにしては、持ちものは少なかった。「全部持ってった方がいいと思うわ、運べるだけ全部」

「そうかなあ」ジョーは、ちょっとこまったような顔をした。それから、遠くの山々《やまやま》を見ながらいった。「ぼくたちがいた谷を見せてあげたかった」

「きっと見に行くわ。いつか、そこへ行って、あなたのお母さんの追悼式《ついとうしき》をしましょう」

「えっ、何を？」

「追悼式《ついとうしき》よ。お母さんの一生について話す特別《とくべつ》の式。お母さんがどういう人でどこ

に住んでいたか、十字架《じゅうじか》に書いて立てるの」

「ジョイシーは、きっと、そんなのきらいだよ」ジョーは、ウサギのわなを家の中

に放りこんだ。

デビルは、夜明けからずっと、辺《あた》りを行ったり来たりしていた。「ぼくが行って

しまうのがわかってるんだよ。頭がいいんだ。何でもわかってる」ジョーは、ビ

ディーに話した。とつぜん、デビルは、遠くの方を見て、クーンと鳴いた。「どう

したんだい？」デビルは、林に向かって急に走り出し、すぐにもどってきた。あな

の開《あ》くほどじっと、ジョーを見ている。「デビル、どうかした？」ジョーは、デビ

ルの耳をやさしくなでて、落ち着かせようとした。「こんなデビル、見たことないよ、

ビディー」

「母さんと父さんが来てるのかもしれない。デビルには聞こえるのよ」

ジョーは、デビルを力いっぱいだきしめた。「さよならをいってるんだ。自分は

行けないって、わかってるんだよ」デビルは、ジョーの腕《うで》の中からぬけ出して、走

り出した。林の手前で止まって、ほんの二、三秒ふり返る。そして、これでお別《わか》れとでもいうように、ちょっと首をかしげてから、林の中に消えていった。「さよなら、デビル」ジョーが、小さな声でいった。草の中を吹《ふ》きぬける風のような声だった。

ビディーは、何といっていいかわからなかった。ジョーは、丸太の上にすわりこんで、朝食《ちょうしょく》のときのたき火のあとを見つめていた。ビディーもすわって、同じように、たき火のあとを見つめた。昨日《きのう》の夜ジョーが話してくれたことが、頭の中でぐるぐる回っている。ジョーは、これからの生活をどんなふうに思うだろうか。ジョーは、アイリーンの家族といっしょにくらすことになる。いつも周《まわ》りに人がいる、と思うだろう。学校にも行かなければならない。すごくさわがしいと思うだろう。周《まわ》りの人に合わせてくらさなければならない。順番《じゅんばん》を待ったりするのは、苦手《にがて》だろう。次から次へと、いろいろなことが思いうかぶ。ジョーの知らないことは、まだまだ、いっぱいある。

ベラが、近づいてきて、もの思いにふけってすわっている二人のあいだで立ち止まった。

谷にやってきたアイリーンが見たのは、その光景《こうけい》だった。アイリーンのいとこと親友は、白い馬をあいだにはさんで、まるでブックエンドのようだった。

二十七　新しい友達《ともだち》

ビディーとアイリーンは、スクールバスのステップをばたばたと下りた。背中《せなか》で、かばんがおどっている。

「さよなら、笑《わら》いじょうごさんたち。また、あした。あしたは終業式《しゅうぎょうしき》だよ！」運転手は、バスの向きを変《か》えて、町の方へもどっていった。

二人は、じゃり道を、ビディーの家の方へ歩きだした。くつのかかとがいつもなるべく大きな石の上に乗るようにして、歩いていく。二人は、この遊びを「ハイヒール」とよんでいた。ハイヒールをはいたお上品なレディーの話し方をまねしながら、ジグザグに進む。「あのう、アイリーンさま」ため池のそばを通りすぎるとき、ビディーがいった。「カエルをつかまえたくはございませんか？」

「ぜひ、つかまえたいですわ、ビディーさま。わたくし、本当に……ねえ、見て！あそこに、すっごく大きいのがいる！」アイリーンは、たちまち、レディーの話し方のことなど、すっかりわすれてしまった。「ビディー！　早く！　ランチボック

ス！」

　アイリーンは、土手の下に飛《と》び下《お》りた。それから、足をびしょぬれにしてよじ登ってくると、道の真ん中にランチボックスを置《お》いた。

「なんて、きれいなの！」ビディーは、緑色の大きなウシガエルを見つめた。金色のはん点が、きらきらしている。アイリーンは、ビディーのとなりにしゃがみこんだ。

「きれいな目ねえ。もう、放してあげた方が……」

　車のクラクションが鳴った。二人は、悲鳴《ひめい》を上げて飛《と》びのいた。アイリーンのパパが、古いトラックの窓《まど》から顔を出して笑《わら》っている。

「二人とも、しょうがないなあ。ひいてしまうところだったよ。気をつけなさい。かばんを荷台に放りこめば、ジョーのとなりに乗れるよ」

二人は、トラックに乗りこんだ。「ジョー、元気？　かみの毛がのびてきたら、アイリーンのパパにそっくりになったわね」ビディーがいった。

ジョーは、ほほえんだが、何もいわなかった。ジョーは、寒いのか、胸《むね》の前で、腕《うで》を組んでいる。しかし、目は、うれしそうにおどっていた。顔中に、笑《わら》いが広がっていく。

「何かあったんでしょ？」ビディーは、ジョーをつついた。「ねえ、アイリーン、ジョーを見て。それから、あなたのパパも。何か、かくしてることがあるみたい」

アイリーンは、パパの目をのぞきこんだ。「どこへ行ってたの、パパ」

「おまえたち、このたのもしい助手《じょしゅ》を知ってるね」ジョーが、くすっと笑《わら》った。「ジョーとわたしは、ビディーの家に、ほし草をかる手伝《てつだ》いに行ってたんだよ。それでね……」

「パパ、そんなことより、早く、かんじんなことを話して」アイリーンは、おこったようにいった。

「まあ、だまって聞きなさい。草かり機《き》のベルトが切れてしまったので、新しいものを買おうと、二人で、ヘンダーソンの店に行ったんだ」

「それだけ？」ビディーが聞いた。たしかに、ヘンダーソンさんはいい人で、飼《か》っているホリーというケルピー犬は木に登れる。でも、そこへ行くことは、わざわざ話すようなことではない。「早く、そこで何があったか教えて」

「わかった」納屋《なや》のそばにトラックを止めて、パパがいった。「さあ、着いた。下りなさい。話してあげるよ」

ビディーは、アイリーンをせかして車を下りると、ジョーを待った。ジョーは、すわったままおしりをずらしてきて、それから、そうっと下りた。

「どうして、そんなふうに、腕《うで》を組んでるの？」ビディーが聞いた。

ジョーは、にこにこしている。話すこともできないくらい、幸せそうだ。

パパは、トラックから、ビディーたちのかばんを下ろした。「ホリーを知ってるだろ？　ヘンダーソンさんのめす犬。それから、ジャクソンさんのところのおす犬も知ってるよね、あの牧羊犬《ぼくようけん》」

ジョーが、ビディーの方に近づいて、「見て」といいながら、シャツの前を開《あ》けた。茶色と白のふわふわしたかたまりが、ジョーの胸《むね》にだかれている。「子犬をもらった」ジョーは、アイリーンにも見せた。「子犬をもらった」

ビディーは、だきたくてたまらなかったが、子犬があまり気持ちよさそうにしているので、代わりに、ジョーの体に腕《うで》を回した。

「モリーって名前にする」ジョーがいった。「岬《みさき》では、デビルがぼくの犬だった。町では、モリーがぼくの犬だ」

ビディーは、牧場《ぼくじょう》を見わたした。ベラが、しっぽでハエを追いはらいながら、糸《いと》杉《すぎ》の木の下でのんびりしている。湾《わん》の向《む》こう側《がわ》では、岬《みさき》のむらさき色の山々《やまやま》が空にとけこんでいた。

「モリーをだいてみる、ビディー？」ジョーが、ビディーに子犬をわたした。ジョーの笑顔《えがお》は、太陽のように明るくかがやいていた。

（完）

◆◆◆……………著者……………◆◆◆

アリソン・レスター（　Alison Lester　）

1952年、オーストラリアのヴィクトリア州生まれ。オーストラリア大陸の最南端に位置するウィルソン岬の農場で育つ。まだ赤ん坊の頃に父親に抱かれて馬に乗ったのが初めての乗馬体験。以来機会があるごとに乗馬に親しんでいる。

本書『流砂にきえた小馬』は著者の処女作。物語はフィクションだが、かつて著者が住んでいたあたりで実際に起きたことも含まれている。主な著書に『Imagine』『My Farm』『Magic Beach』『The Snow Pony』がある。日本では『クライブはわにをたべる』『テッサはへびをかじる』（偕成社）などが出版されている。

◆◆◆……………訳者……………◆◆◆

加島 葵（　かしま あおい　）

お茶の水女子大学文教育学部卒業。翻訳家。訳書に『魔少女ビーティー・ボウ』『キャリーのお城』（新読書社）『紙ぶくろの王女さま』『ぼくが犬のあとをつけた夜』（カワイ出版）、ゆかいなウォンバットシリーズ、「こども地球白書」（朔北社）、『ちきゅうは みんなの いえ』『ジャミールの新しい朝』（くもん出版）、『ウォンバットのにっき』（評論社）など多数。

◆…………………………………………………………◆

流砂にきえた小馬
2010年8月31日　第1刷発行
著：アリソン・レスター
訳：加島 葵　translation © Aoi Kashima
発行人　宮本 功
発行所　株式会社　朔北社《さくほくしゃ》
〒191-0041　東京都日野市南平5-28-1-1F
tel.042-506-5350　fax.042-506-6851
http://www.sakuhokusha.co.jp
振替　00140-4-567316
装丁・本文イラスト　菊地知己
印刷・製本　中央精版印刷 株式会社
落丁、乱丁本はお取りかえいたします
Printed in Japan　NDC933
ISBN978-4-86085-088-3 C0097